乞力马扎罗的雪

[美] 欧内斯特·海明威 著
张炽恒 译

江苏凤凰文艺出版社
JIANGSU PHOENIX LITERATURE AND ART PUBLISHING LTD

图书在版编目（CIP）数据

乞力马扎罗的雪 /（美）欧内斯特·海明威著；张炽恒译. -- 南京：江苏凤凰文艺出版社，2018.5

ISBN 978-7-5594-1892-0

Ⅰ. ①乞… Ⅱ. ①欧… ②张… Ⅲ. ①中篇小说—小说集—美国—现代②短篇小说—小说集—美国—现代 Ⅳ. ① I712.45

中国版本图书馆 CIP数据核字（2018）第 070967号

书　　名	乞力马扎罗的雪
著　　者	（美）欧内斯特·海明威
译　　者	张炽恒
策划编辑	李　艳
责任编辑	袁　媛　姚　丽
出版发行	江苏凤凰文艺出版社
出版社地址	南京市中央路 165号，邮编：210009
出版社网址	http://www.jswenyi.com
印　　刷	三河市春园印刷有限公司
开　　本	880 × 1230毫米　1/32
印　　张	5
字　　数	60千字
版　　次	2018年 5月第 1版　2018年 5月第 1次印刷
标准书号	ISBN 978-7-5594-1892-0
定　　价	29.80元

无论你成就如何，

你的生活就是你的天赋所在。

——海明威

我同情所有不想上床睡觉的人，

同情所有夜里要有亮光的人。

——海明威

目录

乞力马扎罗的雪

1936年　中篇小说

乞力马扎罗是一座积雪覆盖的大山，海拔一万九千七百一十英尺，据说是非洲最高的山脉。它的西高峰被马塞人[1]称为“恩阿吉—恩阿伊”，意思是神的殿堂。靠近西高峰的地方，有一具豹子的冻尸。那么高的海拔，豹子上来是为了寻找什么，尚未有人作出过解释。

“不可思议的是，这地方居然不痛。”他说，“一开始就

① 译注：马塞族是东非的著名部落，马塞族人服饰鲜艳，性格粗放。

是这样，没有疼痛感。”

“真的吗？”

“千真万确。非常抱歉，这味儿肯定把你熏坏啦。”

“别这么说！千万别这么说！”

“瞧它们。”他说，“到底是这里的景象还是气味引它们过来的呢？”

帆布床摆放在一棵含羞草树的一大片树荫里，男子躺在床上，目光越过树荫，望着阳光耀眼的旷野。那边地上蹲着三只可憎的大鸟，天上还有十几只在滑翔，它们从上空经过时，投下一片片飞掠的影子。

“从卡车抛锚那天起，它们就在那儿了。”他说，“今天第一次撞见有落到地上的。先前我还仔细观察它们的飞翔习性，想万一哪天写小说时可以用上。现在看来真好笑。”

“我不希望你真写。”她说。

“我只是说说。”他说，“说说话觉得人松快多了。不过我不希望话多让你心烦。”

“说话不让我心烦。”她说，“我是因为自己没用才焦躁不安的。我想呀，我们不妨放轻松些，等到来飞机。”

“或者等到没飞机来的时候。”

“请告诉我，我能做些什么？总有什么事我有能力做的。”

“你可以帮我截掉这条腿，那也许可以阻止蔓延，不过我怀疑不一定管用。不如你给我一枪。如今你已经是个好射手啦。我教过你射击，对不对？”

“求你别说这样的话。我读点东西给你听好吗？”

“读什么呢？”

“从那本书里随便挑一段我们没读过的。”

“我听不进去哟。”他说，“还是说说话最松快。我们吵吵嘴，时间就过得快了。”

“我不吵嘴。我从来都不想吵嘴。今后我们不要再吵嘴啦。不管我们变得多么焦躁不安。也许今天他们会开着另一辆卡车回来。也许飞机会来。”

“我不想挪动。”他说，“现在换地方已经没意义了，顶多让你心里面感觉松快些。”

“这是懦夫说的话。”

“你就不能不要骂人，让一个男人死得尽量舒服些吗？丁零当啷折腾我一番有什么用？”

“你不会死的。”

“别傻了。现在我就已经离死不远啦。不信你问问那些杂种。”他向那几只龌龊的大鸟栖息的地方望去，它们的秃脑袋藏进了蓬起的羽毛里。第四只鸟滑翔着落了下来，先快步奔跑了一段距离，然后摇摇摆摆慢悠悠地向同伴们走去。

“每个营地周围都有它们。你从来不注意而已。你只要不放弃，就不会死。”

“你从哪儿读到这些废话的？你是个十足的大傻瓜。”

“你就想想其他的人吧。”

“看在上帝的分上。”他说，“说这话的行家是我。”

接着他躺下来，安静了一会儿，目光越过微光闪烁的烘热的旷野，眺望着灌木丛的边缘。在黄色的背景上，几只野羊显得有点儿小，白白的。远处，他看见有一群斑马，在绿色的灌木丛映衬下呈白色。这是一块令人愉悦的营地，依山搭建，有大树遮阴，清水相傍，附近还有一眼差不多已干涸的水穴，每天清晨有沙鸡在它周围飞来飞去。

“我读书给你听好吗？”她问。她坐在帆布床旁边的一张帆布椅子里，“一阵微风吹来喽。”

“不了，谢谢。”

“也许卡车会来。”

“我才不在乎那辆卡车呢。”

“我在乎。”

“好多我不在乎的东西你都在乎。”

“不是太多啊，哈里。”

“喝一杯怎样？”

“那应该是对你有坏处的。布莱克的书里说，忌一切含酒精的饮料。你不要再喝酒啦。”

“莫洛！”他喊道。

“是，先生。”

“拿威士忌苏打来。”

“是，先生。”

“你不该喝。”她说，“我说你放弃，就是这个意思。书上说酒精对你有害处。我知道它对你有害处。”

“不。”他说，“它对我有好处。”

看来一切就这样终结了，他心想。看来他永远不再有机会给事情一个完满的结局。看来事情就以这种方式，在一杯酒引起的争吵中终结了。

自从右腿开始坏疽，他就不再感到疼痛，恐惧也随着疼痛离他而去。现在他心中只剩下一种极其疲惫和愤怒的感觉：居然是这样一个结局。对于正在来临的结局本身，他并没有什么好奇心。多年来结局问题一直困扰着他，但现在结局本身却没有任何意义。真奇怪，一旦疲惫透了，达到这种状态是多么轻而易举。

有些东西他一直攒着没写，原想等思路足够清楚了再写，写好些，现在永远不会写出来了。嗯，这样也好，不必品尝写作失败的苦果。也许那些东西是永远写不好的，那正是你一再拖延、迟迟不动笔的原因。算啦，现在他永远不会知道了。

“真希望我们根本就没上这儿来。”女人说。她咬住嘴唇，望着他手里的酒杯，“在巴黎你决不会出这种事。你一直说你爱巴黎。我们原本可以待在巴黎的，要不随便去哪儿都行。去哪儿我都愿意。我说过不管什么地方你想去我都跟着。你想打猎，我们可以去匈牙利呀，在那儿舒舒服服地打猎就是了。”

“你那些该死的钱。”他说。

“这么说不公平。”她说，“那些钱你我一向是不分的。我丢下一切，无论你想去哪儿我都跟着，无论你想做什么我都照做，可我真希望我们根本就没上这儿来。”

“你说你爱这儿的。”

“那是你好好的时候，可现在我恨这块地方。我不明白为什么偏偏一定要让你的腿出这种事。我们作了什么孽，非得让我们遇上这种事？”

“我作的孽大概就是，起先刚刮破的时候忘了上碘酒，随后又没把事情放在心上，因为我从来不感染的。到后来，情况恶化了，又碰上其他杀菌剂用完，就用弱效的石炭酸溶液消毒，可能因此造成了毛细血管麻痹，引起坏疽。”他望着她，“还有什么呢？”

“我不是指这个。”

“假如我们雇了个好技工，而不是一个技术半生不熟的吉库尤人[①]司机，他就会检查一下机油，不至于把卡车轴承烧坏。”

“我不是指这个。”

① 译注：吉库尤人是非洲班图族的一支，肯尼亚最大的民族。

“要是你没有离开自己那帮人，在该死的老韦斯特伯里、萨拉托加和棕榈滩[①]的那些熟人，同我交往……”

“嗨，我是爱你呀。你这样说不公平。我现在也爱你。我会永远爱你。你不爱我吗？”

“不。”男人说，“我不觉得我爱你。我从来没爱过你。”

“哈里，你在说些什么呀？你神志不清楚了吧。”

“不，我已经没有神志可以不清楚了。”

“别再喝那个啦。”她说，“亲爱的，求你别再喝那个啦。我们得努力，凡是能做的，都试一下。”

“你去努力吧。”他说，“我累啦。”

此刻在他的脑海里，他看见卡拉加奇[②]的一个火车站。他背着背包站在月台边，正是辛普伦—奥芬特号列车前灯

---

① 译注：韦斯特伯里是美国的一个镇子，萨拉托加是美国的一个县，棕榈滩是美国佛罗里达州著名的富人聚居区。

② 译注：土耳其一城市，靠近死海。

的光柱划破黑暗的那一刻，他刚撤退下来，正准备离开色雷斯[①]。这是他留待将来写进小说里的一幕。还有一段情节：早晨用早餐的时候，他向窗外眺望，望着保加利亚群山上的雪，南森的秘书问老头是不是雪，老头望着雪说：不，那不是雪。早着呢，还没到下雪的时候。秘书把他的话传给别的姑娘们听：不，你们看，那不是雪。于是她们都说：不是雪，我们弄错了。可明明那就是雪。等到他进行人口交换[②]时，他将她们转送到山里去了。她们进山时脚下踩的是雪，最后她们死在了那年冬大。

那一年，在高厄塔尔[③]山上，整个圣诞周也是在下雪。那一年他们住在伐木人的小屋里，那口方形大瓷灶占据了半间屋子。那个逃兵跑进来的时候，他们正睡在山毛榉树

---

① 译注：爱琴海北岸一著名地区，有非常悠久的历史，英雄斯巴达克斯即色雷斯人。现色雷斯地区分属希腊、土耳其和保加利亚。

② 译注：这种行动在两个种族杂居的国家或地区之间发生，以同种族聚居为目的，例如希腊和土耳其之间就进行过人口交换。

③ 译注：奥地利境内一山脉。

叶填塞的床垫上，他脚上沾着雪，在出血。他说宪兵紧追过来了。他们给了他一双羊毛袜，缠住宪兵们聊天，直到雪花盖住他的足迹。

在希伦茨[①]，圣诞节那一天，雪是那么的亮，你从葡萄酒吧望出去，看着人们一个个从教堂回家时，甚至都觉得雪光刺痛眼睛。他们就是从那儿开始，走上那条被雪车磨得哧溜滑的尿黄色道路的。路的一旁是河，另一边是松林覆盖的陡峭山峦，他们肩上扛着沉重的滑雪板。他们就是从那儿开始，从“梅德纳尔之家”上方那条冰河上滑下来的。雪看上去像糕饼上的糖霜一样滑，像粉末一样轻。他记得冲下去的速度那么快，使滑行变得悄无声息，人如一只倏然飞坠的鸟儿。

那一回他们遇上了暴风雪，被困在“梅德纳尔之家”一个礼拜。他们点着马灯，在烟雾弥漫中玩牌。伦特先生

---

① 译注：位于欧洲小公国列支敦士登境内。

输得越多，注就下得越大，最后输了个精光。他的一切：滑雪学校的钱，那年冬季的盈利，然后是他的本金。伦特先生和他的长鼻子此刻依然在他眼前：他看见他摸起一张牌，掀开看一眼，说："不跟。"那段时间总是有赌局。不下雪的时候赌，雪下得太大时还是赌。他回想着一生中消耗在赌博上的所有时光。

不过此事他一行字也没有写。另一件事他也没有写：在那个寒冷而晴朗的圣诞节，平原另一边的群山显露出来了，巴克飞过前线去轰炸奥地利军官的休假列车。那些军官四散奔逃的时候，巴克用机枪扫射他们。他记得后来巴克走进餐厅，讲述事情的经过。餐厅里变得鸦雀无声，然后有人说了一句："你这个杀人不眨眼的杂种！"

后来同他一起滑雪的奥地利人，正是当时他们去杀的那一帮人。不，不是同一帮人。那年同他一起滑雪一整年的奥地利人汉斯，一直住在"皇帝·猎人"客栈，有一回他们一同去锯木厂上面的小溪谷猎兔子时，聊起过帕苏比奥之战[1]，还有进攻波蒂卡拉和阿萨洛的战斗。那些战事他一个字也没有写。蒙特科罗纳、塞特科姆尼和阿尔西罗的战事[2]，他也没有写。

他在福拉尔贝格[3]和阿尔贝格山[4]住过几个冬天？四个。这时他记起了那个有狐狸要卖的人，当时他们步行进入了布卢登茨[5]，那一回是去买礼物。他记起了上等樱桃酒的樱桃核仁味儿，在结了硬壳的雪地上快速滑行扬起的雪粉：一边唱着“嗨！嚯！罗利说！”一边冲下最后一段坡道，来到陡直段，直飞而下，然后拐三个弯儿滑过果园，出来后越过那道沟，来到酒吧后面那条结了冰的路上。敲一敲，松开缚带；甩一下，取下滑雪板，靠放在酒吧的木板墙根。灯光泻出窗外，窗户里烟雾腾腾，弥漫着新酒的温暖气息，有人在拉手风琴。

---

① 译注：帕苏比奥是意大利的一座山，一战时奥地利军队和意大利军队曾在此交战。
② 译注：这里提到的都是一战时发生在意大利的战事。
③ 译注：奥地利最西部的州。
④ 译注：阿尔卑斯山脉北端山峰，滑雪胜地，位于奥地利西部。
⑤ 译注：奥地利的一个县，西邻列支敦士登，南邻瑞士，旅游胜地。

“在巴黎的时候我们住的是哪家酒店？”他问女人。她坐在他身边的帆布椅子里，此刻，在非洲。

“住在克利翁。你知道的呀。”

“我怎么会知道？”

“我们每一回都住那儿的呀。”

“不，不是每一回。”

“我们住那儿，也住过圣日耳曼大街的亨利四世凉亭。你说你爱那个地方。”

“爱就是一堆粪。”哈里说，“我就是那只站到粪堆上去打鸣的公鸡。”

“假如你非走不可的话。”她说，“非得把你身后的一切都消灭掉吗？我的意思是，你一定要把每一样东西都带走吗？非得杀了你的马和你的妻子，烧掉你的马鞍和盔甲？”

“没错。”他说，“你那些该死的钱就是我的盔甲，我的剑和盔甲。”

“别这样。”

“好吧，我不说了。我并不想伤害你。”

“现在稍微有些迟了。”

“那好，我就来继续伤害你，这样有趣多了。唯一一件我真正想和你一起做的事，现在我没本事做了。”

“不，这话不对。你喜欢做的事很多，你想做的每一件事我都和你一起做过。”

“哦，看在上帝的分上别再吹牛了，行吗？”

他望着她，看见她哭了起来。

“听我说。”他说，“你觉得我这样做很开心吗？我不知道自己为什么要这样。想来，这可能是为了求生而杀伐吧。我们刚开始聊时我还是好好的。我并不是故意要开这样一个头，这会儿我疯疯癫癫像个大傻瓜一样，对你能多残忍就多残忍。我说过的话你别放在心上，亲爱的。我爱你，真的。你知道我爱你。我从来没有像爱你一样爱过任何人。”那一套他赖以为生的说惯了的谎话顺嘴就溜了出来。

“你对我挺好的。”

“你这个贱女人。”他说，“你这个有钱的贱女人。那是诗。现在我满肚子都是诗，腐烂和诗，腐烂的诗。”

“别说了，哈里，你为什么现在非得变得跟个魔鬼似的？”

“我不愿留下任何东西。”男人说，“我不愿身后留下任何东西。”

已是黄昏时分，刚才他睡着了。太阳沉到了山后边，整片平原上纵贯着一道阴影。营地附近有些小动物们在觅食，它们的头很快地一起一落，尾巴不断地摇来摇去。他望着它们，这会儿它们跟那片灌木丛保持着相当长的一段距离。那些大鸟已经不再待在地面上干等，它们全都沉甸甸地栖在一棵大树上。它们的数目又增加了不少。他的贴身男仆坐在床边。

“太太去打猎了。”男仆说，“先生有什么需要吗？”

“没有。”

她去猎杀动物了，弄点肉回来。她知道他喜欢看着她狩猎，所以她跑到很远的地方去，那样就不会惊扰到他目力所能及的这一小片旷野。她总是那么体贴人，他心想。凡是她懂得的事情，在书上读到过或听人说过的事情，她都考虑得很周到。

并不是她的错。来到她身边的时候，他已经完蛋了。一个女人怎么可能知道你说出来的话并非真心实意，只是出于习惯，为了让人听了舒服呢？自从他说话不再当真以后，较之于过去说的实话，他的谎话更能骗得女人的欢心了。

他撒谎并不全是因为没有真话可说。他曾经拥有过自己的生活，但它已经结束，然后，他又继续活下去，但交往的人不同了，钱多了，待的是以前那些地方里最好的，还多了几处新地方。

不去想，那是一件非常了不得的事。你有一副好内脏，身体没有那样子垮掉，他们大多数人都是那样垮掉的。你抱定一种态度：既然已经干不了从前常做的工作了，那就不去管它。可是在你的内心里，你对自己说，你要写这些人，写这些非常有钱的人；你对自己说，你其实同他们并不是一类人，而只是他们的国度里的一个窥视者；你对自己说，你会离开这个国度，写这个国度，而且将是仅此一回，由一个了解自己在写什么的人来写这个国度。但是他永远不会写了，因为日复一日，他不写作，生活安逸舒适，做着自己所蔑视的那种人，才华磨钝了，工作的意志变软弱了，于是乎，他终于彻底不工作了。在他不工作的时候，他现在交往的那些人全都感到舒服许多。非洲曾是他在一生中的黄金岁月里最感到快乐的地方，所以他跑了出来，想从这儿重新开始。这次狩猎旅行，他们是以最低限度的舒适为准来安排的。没有艰苦可言，但也不算奢华。他曾经以为，这样一来，他就能重新训练，回到良好的状态。他以为这样能在某种程度上除去一些心灵上的脂肪，类似于拳击手去山里面干活和训练，去消耗掉身体里的脂肪一样。

她曾经很喜欢这次旅行，她说她爱这一趟非洲之旅。凡是令人兴奋的出行，能换换环境，认识些新的人，遇见一些令人愉快的事物，她都爱。他也曾经有过工作的意志力在恢复的幻觉。如果就这样走到结局，他也不必变得像一种蛇那样，因为脊背被打断就咬自己。他知道，结局就这样了。并不是这个女人的错。不是她，也会是另外一个女人。如果靠说谎活着，就应该试试说着谎话死去。他听到小山另一边传来一声枪响。

她枪打得非常好，这个有钱的贱女人，他的才华的温存的呵护者和毁坏者。胡扯。是他自己毁了自己的才华。怎么能怪到这个女人头上呢，就因为她给了他安逸的日子？他的才华是他自己毁掉的：由于他把它荒废了；由于他背叛了自己，背叛了自己的信念；由于他纵饮无度，磨钝了感觉；由于他懒散怠惰，傲慢势利，心存偏见；由于他不择手段。他这是在干什么？列一张旧书清单？他的才华到底在哪儿呢？好吧，就算他有才，可他并没有好好使用，而是利用来做交易。他的才华从来都不在于他做了什么，而是永远在于他能够做什么。他另行选择了一种谋生手段，而不是钢笔或铅笔。还有，每当他爱上另外一个女人，这一个女人总是会比上一个女人更有钱，这一点也是很奇怪的，是不是？但是当他不再爱的时候，当他只是在说谎的时候，就像眼下，对眼前的这个女人——这个女人比前面的所有女人都有钱，要多有钱就多有钱，她曾经有过丈夫和孩子，曾经找过情人后来又对他们生出不满，她深爱着他，把他当一个作家，一个男子汉，当作一个伴侣，一份引以为荣的财产——真奇怪，当他根本不爱她而且是在对她撒谎的时候，为了她花在他身上的钱，他所能给予她的，居然会比他真爱的时候所能给予的更多。

一个人做什么，一定是生来就安排好的，他心想。你谋生的手段，就是你的天赋所在。他一生都在出卖生命力，以这种形式或那种形式。当你对情爱看得不太重的时候，就是你把钱看得更重的时候。他早就发现了这一点，但从来都不愿意写出来，现在也不愿意写。不，他不会写的，虽然这一点很值得一书。

这会儿她已经进入视野了，正穿过旷野向营地走来。她穿着马裤，扛着一支来福枪。两个男仆抬着一只野羊走在她旁边。她依然是个好看的女人，身材也很赏心悦目，他心想。她的床上功夫很了不得，也很懂得享受床笫之欢；她不漂亮，但他喜欢她的面相。她博览群书，喜欢骑马和射击，当然，她酒喝得太多了。在她还是个比较年轻的女人时，她就死了丈夫。有一段时间，她全身心地投入到两个刚长大的孩子身上，孩子们却并不需要她，还因为她在他们身边转悠而感到局促不安。她还将心思放在马厩、书本和酒瓶子上。她喜欢在晚饭前，在黄昏时分读书，边读书边喝威士忌苏打。到吃晚饭时她已有了几分酒意，再喝上一瓶葡萄酒，通常便醉得能够倒头就睡了。

那是她没有情人时的情形。有了情人以后，她不再喝那么多酒了，因为不必再靠醉酒来入眠。但情人一个个都令她厌倦。她嫁过一个男人，他从来不令她厌倦，这些人却令她非常厌倦。

接下来，两个孩子中有一个在飞机失事中丧生。事情过去后，她不再想要男人，喝酒也已经起不到麻醉作用，她得另外建立起一种生活了。突然之间，她对孤独产生了强烈的恐惧感。她需要一个人和她在一起，但她要的是一个让她尊重的人。

事情的开始很简单。她喜欢他写的作品，她一直羡慕他过的那种生活。她认为他做的正是他自己想做的事。她俘获他的那些个步骤，和她最终爱上他的那种方式，都属于一个常规的进展过程。在这个过程中，她为自己建立起了一种新的生活，他则将他的旧生活的残余出卖了。

不可否认，这种出卖是为了换取安全，也是为了换取舒适安逸——还能为了什么呢？他不知道。无论他想要什么，她都会买给他。他知道这一点。她还是一个好得要命的女人。他愿意马上就跟她上床，像跟别的女人一样，但他更愿意选择她。因为她更有钱，因为她令人愉快又知情识趣，因为她从不大吵大闹。可是，她重建的这种生活现在要告一个段落了，因为两个礼拜之前，他的膝盖被一根荆棘划破，他没有给伤口上碘酒。当时他们跑到近前去，想拍一群站着不动的非洲水羚。它们站在那儿，仰着头，边窥视边翕动鼻孔嗅着空气，耳朵张得大大的，准备一听到什么声音，就拔腿冲进灌木丛里去。没等他拍下照片，它们就已经呼啦一下跑了。

这会儿她已经到了跟前。他在帆布床上转过头来，面对着她。“哈喽。”他说。

“我打到一只野公羊。”她告诉他，“可以给你做一碗好肉汤，另外我叫他们捣些土豆泥，加克宁奶粉。你感觉怎样？”

“好多了。”

“这不是挺好吗？我就想你会好些的，对吧。我走以后你睡着了。”

“我睡了个好觉。你走出去很远吗？”

“不远，就到山后面转了转。我打得很准，一枪正中这只野羊。”

“不用说，你的枪法很神的。”

“我爱打猎，我爱非洲。真的。你要是没受伤的话，这就是我玩得最开心的一次旅行了。你不知道跟你一起打猎是多么的有乐趣。我已经爱上这片原野了。”

“我也爱这片原野。”

“亲爱的，你不知道，看见你感觉变好，真是棒极了。刚才你感觉坏成那样，我真受不了。不要再那样对我说话了，好不好？答应我好吗？”

“不会了。”他说，“我不记得刚才说了些什么话。”

“你没必要非毁了我不可呀，是不？我只是个中年女人，我爱你，你想做什么，我都愿意。我已经被毁了两三回啦。你不会想再毁我一回吧，是不？”

“我很想在床上毁灭你几次。”他说。

“好啊，那是很棒的毁灭。我们生来就是为了那样子被毁灭的。飞机明天就会来啦。”

“你怎么知道？”

“我有把握。飞机一定会来的。仆人们已经准备好点火生烟的木头和草。今天我又下去看了一下。地方绰绰有余，我们在空地两头都堆了柴草。”

“你凭什么认为飞机明天会来？”

“肯定会来的，我有把握。到了城里，他们会治好你的腿，然后我们就可以好好地毁灭毁灭，不用聊那种讨厌死了的话题啦。”

“喝一杯怎样？太阳已经落山了。”

“你觉得没问题可以喝？”

“我想喝一杯。”

“那我们一起喝一杯。莫洛，拿两杯威士忌苏打！”

“你最好穿上防蚊靴。”他对她说。

“等洗过澡再穿……”

他们喝着酒，天色渐渐地黑下来，就在快要黑到看不见打枪的时候，一只鬣狗穿过旷野，绕到小山的另一边去了。

“那杂种每天晚上从那边跑过去。”男人说，“两个礼拜了，天天晚上如此。”

“每天晚上吵吵的就是它。我不在意。不过这是一种很恶心的动物。”

一起喝着酒，现在他已经没有疼痛的感觉，只是一直用一种姿势躺着，有点不舒服。仆人们生起了一堆火，火光投下的影子在帐篷上跳动着，他感觉得到，自己又回到了对于这种愉快的投降生活的默认状态。她对他非常好。下午他对她太残忍、太不公平了。她是个好女人，真的很了不起。就在这个时候，他突然想到，他就要死了。

这个念头来得很冲，不像一阵水浪或一阵风，而像是一阵骤然而至、恶臭难闻的空无。奇怪的是，那只鬣狗沿着这空无的边缘，轻轻地溜了过来。

“怎么啦，哈里？”她问他。

“没什么。”他说，“你最好挪到另一边，坐到上风口去。”

“莫洛给你换过药没有？”

“换过了。刚敷上硼酸膏。”

“感觉怎样？”

“稍微有点摇晃不稳。”

“我要去洗澡了。”她说，“一会儿就出来。我跟你一起吃晚饭，然后把帆布床搬进去。”

这么说，我们停止争吵是一件好事，他对自己说 。他同这个女人之间从来不曾比较厉害地争吵过，而他同他所爱的那些女人之间，却总是争吵得厉害，最后往往经不住日积月累的伤损，毁了他们相合的感情。他曾经爱得太深，要求得太多，结果耗尽了激情。

他想起了那一回孤身一人在君士坦丁堡[①]的情形，他是在巴黎吵了一架后跑出来的。一段时间里，他天天眠花宿柳，然后发现那样并不能消灭孤独感，反而使之变得更加强烈。他便写信给她，那是他的第一个情人，就是在巴黎将他抛弃的那一位。在信中，他向她诉说自己一直没能忘情……他告诉她，有一回在摄政酒店外面，他以为看见了她，一下子蒙了，心里面好难受。他会沿着林荫大道尾随一个外貌有些地方同她相像的女子，却又害怕看清楚不是她，害怕失去那种错觉所带给他的感觉。他告诉她，他睡了一个又一个女人，但她们一个个只能徒然增添他对她的思念。他对她说，无论她做了什么都没有关系，因为他知道，他治不好自己对她的相思病。他在冷静和没有喝酒的状态下，在俱乐部酒店写了这封信，寄去纽约，请求她将

① 译注：土耳其首都伊斯坦布尔的旧称。此城已有近一千八百年历史，自一四五三年被奥斯曼帝国征服后，君士坦丁堡与伊斯坦布尔二名称并用，一九三〇年起君士坦丁堡之名称被终止。

回信寄到他在巴黎的办事处。那样似乎比较妥当。那天晚上，他非常想念她，觉得心里面空荡荡的很难受。他漫无目地在街上走，路过马克西姆餐厅，搭上一个姑娘，请她一起吃晚饭。后来他带她去一个地方跳舞，她的舞技很糟，他便丢下她，同一个性感放荡的亚美尼亚姑娘共舞。那姑娘肚皮紧贴着他，磨得几乎发烫。一轮舞下来，他便将她从一个英国中尉炮手身边夺走了。炮手约他出去，他们便在黑暗中，在鹅卵石铺成的大街上打了起来。他击中炮手的下巴一侧两拳，对方却没有倒下，他知道这下子免不了要恶斗一场了。炮手击中了他的身体，又击中他的眼角。他再次挥动左拳击中对方，炮手扑到他身上，揪住他的外套，将一只衣袖撕了下来。他对着炮手耳朵后面擂了两拳，然后一边推开他，一边又用右手重重地揍了他一拳。炮手一头栽倒在地，他拉起姑娘就跑，因为他们听见宪兵过来了。他们拦了一辆出租车，沿博斯普鲁斯海峡开到郊外的雷米利·希萨，兜个圈儿，又在寒冷的夜晚回到城里，上床睡觉。她看上去过于成熟了，摸上去也是一样，不过很柔滑，像玫瑰花瓣，像糖浆，腹部光滑，胸脯丰满，且不用在她的屁股下面垫枕头。在她醒来之前，他就离开了。在清晨的第一缕光线中，她的容貌显得够粗俗的。他出现在佩拉宫酒店，带着一只乌青的眼圈，外套搭在胳膊上，因为没了一只衣袖。

当天晚上，他启程去安那托利亚①。他记得，那次旅行的后半段，他整天骑马穿行在罂粟花田中间，当地人种植罂粟是为了提炼鸦片。那种风景给人的感觉真是奇特。最后，仿佛无论走多近走多远都走不到似的，他来到了他们和那些从君士坦丁②新调来的军官们一起发动进攻的地方。那些军官狗屁也不懂，炮队的炮弹居然打到了自己的骑兵连，那个英国观察员哭得跟个孩子似的。

---

① 译注：亚洲西南部的一个半岛，又名小亚细亚或西亚美尼亚，现为土耳其的亚洲部分。

② 译注：君士坦丁与君士坦丁堡不是同一地方，而是阿尔及利亚第三大城市，阿尔及利亚当时是法国殖民地。这里述及的是土耳其独立战争期间的一次战事。

就在那一天，他生平第一回看见死人。他们穿着白色芭蕾舞裙，还有缀着绒球的翻边鞋。土耳其人一波一波不断地涌上来，他看到那些穿裙子的士兵在逃跑，军官们向那些士兵开枪，接着自己也开始逃。他和那个英国观察员也跑起来，直跑得他肺疼，嘴里满是铜腥味儿。他们停下来，躲在大石头后面喘口气，而土耳其人依旧在一波一波地涌上来。后来他看到的事情是他永远不敢回想的，再后来他又看到了更可怕的事情。所以，那次他回到巴黎后，他无法开口谈论这件事，甚至连提一下都受不了。经过咖啡馆的时候，他看见那个美国诗人坐在里面，面前一大堆托碟，土豆脸上一副蠢相，正同一个罗马尼亚人大谈达达主义[①]。那个罗马尼亚人说自己名叫特里斯坦·查拉[②]，总是戴一只单眼镜，有头痛的毛病。他回到了公寓，和妻子

---

① 译注：达达主义是一个著名而短暂的艺术运动，追求“无意义”的境界，是对传统艺术和美学的颠覆，一九一六至一九二三年间出现在法国、德国和瑞士。

② 译注：特里斯坦·查拉是达达主义文学的代表人物，瑞士人。

待在一起，这时他又爱妻子了，争吵已经过去，疯魔已经过去，他很高兴回到家，办事处把他的信件都送到上面公寓里来。于是，一天早晨，他在君士坦丁堡写的那封信的回信被放在盘子里送来了。看到信封上的笔迹，他浑身发冷，想悄悄地将它塞到另一封信底下去。可是他的妻子说："是谁来的信，亲爱的？"于是，那件事在开始阶段便结束了。

他回想起他同她们每个人在一起时的好时光和争吵时的情形。她们争吵时总是挑最佳场合。她们为什么总是在他感觉最好的时候跟他吵呢？这种事他从来没有写过，因为首先，他决不愿意伤害她们中的任何一个；其次，好像不写这种事，可以写的东西也已经够多了。但他一直认为，这种事最终他还是会写的。可以写的东西太多了。他看到了世界的变化，这不只是指那些大事。虽然他经历过许多大事件，一直在观察世人，但他也看到了那些微妙的变化，记得世人在不同时期的状态。他置身于这种变化之中，一直在观察着，把它写出来是他的责任，但是现在他永远也不会写出来了。

“你感觉怎样？”她说。她洗好澡，从帐篷里出来了。

“还行。”

“现在吃得下东西吗？”他看见莫洛拿着折叠桌站在她身后，另一个仆人端着盘子。

“我想写作。”他说。

“你应该喝点肉汤，好保持体力。”

“今晚我就要死了。”他说，“我不需要保持体力啦。”

“别那么夸张，哈里，求你啦。”她说。

“你为什么不用你的鼻子闻一闻？我大腿都已经烂了半截啦。为什么还要跟肉汤瞎胡搞？莫洛，去拿威士忌苏打。”

“求你喝点肉汤吧。”她温柔地说。

“好吧。”

肉汤太烫了。他只好把汤盅端在手里，等到凉下来可以喝了，然后一点也没吐地全喝了下去。

“你是个好女人。”他说，“别为我费心啦。”

她望着他，脸上露出那种为众人所熟悉的、令人愉快的笑容。那是一张因为《靴刺》和《城市与乡村》[1]而为众人所熟悉和喜爱的脸，因为嗜酒，因为贪恋床笫之欢而稍有些逊色了；但《城市与乡村》从未展示过她那漂亮的胸脯，那两条能干的大腿，那两只抚爱脊背时稍嫌小的手。他望着她时，感觉到死神又一次来临了。

这一回来得不冲。它是轻轻地噗一下，像一股令烛光摇曳、烛焰腾高的微风。

“待会儿可以让他们把我的蚊帐拿出来，挂在树上，再生一堆火。今晚我不去帐篷里睡了。犯不着搬进搬出。今夜是个晴朗的夜晚，不会下雨的。”

---

① 译注：这两本都是美国的时尚休闲杂志，后者至今仍出版发行。

看来，这就是你的死法了：在你听不见的悄声细语中死去。好吧，不会再有争吵了。这一点他可以保证。他从来不曾有过的这个体验，他现在不会去败坏它了。他有可能会。你把一切都给败坏了。但他也许不会。

“你会做笔录吗，会不会？”

“我没学过。”她告诉他说。

“好吧。”

当然，已经没有时间了。不过那些记忆仿佛是可以套叠的，如果你方法正确，便可以把它们全部收缩到一段里面去。

在一座俯瞰着湖水的小山上，有一栋圆木构筑、灰泥嵌白的房子。门边竖着一根竿子，竿子上挂着一只铃铛，那是用来呼唤外面的人回屋吃饭的。房子后面是田野，田野后面是树林。一排箭杆杨从房子一直延伸到码头，岬角边沿也围着箭杆杨。一条小路从树林边往山上而去，他曾沿这条路采摘黑莓。后来，那栋圆木结构的房子烧毁了，挂在壁炉上方鹿脚架上的几支枪也烧坏了。后来那些枪筒，连同融化在弹夹里的铅弹，还有完全烧毁的枪托，都摆在那一堆草木灰上。那些灰原本是要放进做肥皂的大锅，用来熬碱水的。你问祖父坏枪可不可以拿去玩，祖父说不行。你明白，那堆残骸仍旧是他的枪，而他再也没有去买别的枪，他也没有再去打猎。房子用圆木在原地重新造起来了，刷成了白色，从门廊里你可以看见那些箭杆杨和远处的湖水，但是枪再也没有了。那些曾经挂在圆木房子墙上的鹿脚架上的枪筒，如今摆在那堆草木灰上，再也没有人去碰过它们。

战后，我们在黑森林租了一条鳟鱼小溪[①]，去那儿有两条路可以走。一条路是从特里堡[①]下到溪谷里，在树荫下沿

① 译注："战后"指第一次世界大战结束后；黑森林是德国最大的森林山脉，著名的旅游胜地，其西边和南边是著名的莱茵河谷，《白雪公主》和《灰姑娘》等著名童话故事即发生于黑森林。

着谷中小路绕行，那条白色小路的路边上都是树，然后走上一条岔路，向前穿过山岭，途经许多矗立着黑森林式大房子的小农场，最后来到小路和溪流的交叉处。我们就在那儿开始钓鱼。

另一条路是爬陡坡到达树林边缘，然后穿过松林翻越山顶，从林中出来到达一片草地的边缘，穿过那片草地走到桥边。溪边有一溜桦树，溪水不大，窄窄的一条，清澈而湍急，在桦树根下面冲出了一个个水潭。在特里堡的旅馆里，店主经历了一个旺季。这是一件欢喜事，我们大家都是非常要好的朋友。第二年发生通货膨胀，他上一年挣的钱还不够拿来买旅馆用品，店开不下去，他上吊了。

这些事你可以口述，但护墙广场[2]你无法口述。那地方，卖花人在大街上给花儿染色，滴下来的颜料水在路面

---

① 译注：特里堡位于黑森林的正中心，有最美的黑森林童话小镇之称。

② 译注：巴黎景点之一。

上流淌；那儿是公共汽车发车的地方，老头儿和女人总是喝葡萄酒和劣质果渣酒[1]，灌得醉醺醺的；寒风中，孩子们淌着鼻涕；你闻得着臭汗和贫穷的气味，看得见“业余爱好者咖啡馆”里的醉态，还有“奏乐舞厅”里的妓女，她们就住在舞厅的楼上。女门房在她的小隔间里招待共和国卫队的骑兵，一张椅子上放着他的插着马鬃的头盔。门廊对面那个房客，她的丈夫是个自行车赛车手，那天早晨，她在乳品店打开《汽车报》，看见他第一次参加大赛就在环巴黎自行车赛上获得第三名，乐开了花。她满脸通红，笑个不停，然后她手里拿着那张黄色的体育报纸，上楼去哭了一场。经营“奏乐舞厅”的那个女人，她的丈夫是开出租车的。有一回，他，哈里，必须去乘早班飞机，那人便来敲门叫醒他。动身送他去机场之前，他们还一起在酒吧间的包锌吧台前喝了一杯白葡萄酒。当年，那个街区的邻

① 译注：这是一种用葡萄渣蒸馏出来的白兰地。

居他都很熟，因为彼此都是穷人。

广场周围住着两种人：酒鬼和运动爱好者。酒鬼用酗酒来镇住贫困，运动爱好者用锻炼来驱除贫困。他们是巴黎公社拥护者的后代，对于他们来说，了解自己的政治是不用下功夫的。他们知道是谁开枪杀死了他们的父老兄弟，亲戚朋友。当年凡尔赛的军队开进巴黎，继公社之后占领了这座城市，被抓到的人凡手上有茧的，戴便帽的，或有其他任何标志说明是做工的人的，一律处决。正是在那样一种贫困中，在街对面是一家马肉铺和一家酒业合作社的那个街区里，他开始了他的写作生涯。

在巴黎，别无任何一处地方令他如此钟爱：撑开枝丫的树，年代久远、白灰泥墙、墙脚刷成棕色的房屋，那一片圆形广场上那些长长的绿色公共汽车，路面上流淌的紫色染花颜料水，从小丘上下来直往塞纳河而去的勒蒙纳红衣主教大街，还有另外一个方向穆浮塔街那个狭窄拥挤的世界[①]……那条通往先贤祠的大街和另外一条他常常骑自行车的大街，整个那一片地区仅有的沥青路，车胎滚过去时感觉那么光滑；街两边的房子高耸而狭小，那幢高高的小楼是一家廉价旅馆，保尔·魏尔伦[2]就死在里边。他们住的公寓只有两个房间，另外，他在那家旅馆的顶楼有一个房间，花每月六法郎租了写作用的，从里面可以看到鳞次栉比的屋顶、烟囱顶管和巴黎所有的山丘。

从公寓里却只能看到那个卖木柴和煤炭的人的店铺。那人也卖酒，劣质葡萄酒。马肉铺外面挂着金色的马头，敞开的窗户里面挂着金黄色和红色的马肉。人们在漆成绿色的酒业合作社里买酒喝，又好又便宜的葡萄酒。另外就只能看见街坊邻居的窗户和涂灰泥的墙了。夜里，有人喝醉了躺在大街上哼唧和呻吟，这就是那种典型的法国式醉酒，你所受的宣传要你相信它并不存在。这时，你会看到

---

① 译注：穆浮塔街是巴黎最古老的露天市集之一。

② 译注：保尔·魏尔伦，一八四四至一八九六，法国著名诗人。

街坊邻居打开窗户，然后听见他们低声嘟囔。

“警察上哪儿去了？那个屁精总是在你不需要的时候出现，这会儿准是跟哪个女门房睡觉去啦。报警吧。”最后有人倒下去一桶水，呻吟声停了下来。“什么声音？哦，是水，聪明的主意。”于是，一扇扇窗户都关上了。他的女仆玛丽抗议八小时工作制时曾经说：“做丈夫的要是工作到六点钟，他只会在回家的路上很快地喝几杯，浪费的钱也不多。如果只要工作到五点钟，那他就会天天晚上喝得醉醺醺的，钱你就一个子儿也拿不到了。这种缩短工作时间，遭罪的还是工人的老婆哟。”

“再喝点儿肉汤好吗？”这时，女人问他道。

“不喝了，多谢你。汤好喝极了。”

“喝再一点点。”

“我想喝一杯威士忌苏打。”

“喝酒对你不好。”

“是啊，喝酒对我有害。柯尔·波特[1]写过这方面的歌曲。这种知识使你快要受不了我啦。”

“我喜欢你喝酒的样子，你知道的。”

“哦，是啊，只不过喝酒对我有害。”

他心想：她走开后，我想要的一切很快就会得到啦。不是我想要的一切，而是摆在那儿的一切。唉，他累了，太累啦。他要稍微睡一会儿。他静静地躺着，死神不在。它一定是到另一条街上溜达去啦。它成双结对地溜达，骑着自行车，无声无息地在人行道上前行。

不，他从来不曾写过巴黎，他喜欢的那个巴黎。不过，他未曾写过的其他东西又如何呢？

那个大牧场，那些银灰色的山艾树灌木丛，清澈湍急的灌溉渠水，墨绿的紫花苜蓿，又如何呢？还有那条通往

① 译注：科尔·波特，一八九一至一九六四，美国著名的作曲家和音乐剧作家。

山里的小径，像鹿一样胆怯的牛群；秋天的时候，你把它们赶下山来，吆喝声和不停息的喧嚷声夹杂在一起，乌泱泱一大群缓缓移动着，扬起漫天的尘土。暮光之中，在群山的后面，远峰清晰如画。月光下你骑马走在小径上，溪谷对面的山坡上一片清辉。他记得，夜里面穿过林子下山时，看不见路，就抓住马尾巴跟着走。这些故事都是他想写出来的。

那个打短工的弱智小伙子，那一回他们留下他一个人在牧场，还嘱咐他别让人偷走一根干草。偏偏福克斯镇[①]那个老杂种路过，停下来想喂喂马。老家伙曾经雇小伙子干过活，还揍过他。小伙子不让他拿草料，老家伙就说要再揍他一顿。小伙子跑去厨房，把来福枪拿来，看见他往谷仓里面闯，一枪把他撂倒了。他们回到牧场时，老家伙已经死了一个礼拜，躺在畜栏里冻得硬邦邦的，尸体已经

① 译注：美国华盛顿州一小镇。

被狗啃掉了一部分。但他用毯子将残尸裹起来，放在雪橇上用绳子捆好，还叫那小子帮忙一起拽，然后他们两个蹬着滑雪板带着尸体上路，赶了六十英里来到镇上，将小子递解过去，这时候，小伙子还没意识到自己会被捕。他想着自己尽了职，他们是朋友，他会得到奖赏呢。小伙子帮着将老头儿拖到镇子上来，是为了让大家都能了解老家伙一向是多么坏，又如何想偷草料，那可不是他自己的东西。警长给他戴上手铐时，小伙子简直不敢相信，于是大哭。这个故事他是攒在那儿准备写出来的。他知道那个地方至少二十个好故事，却一个也没有写。为什么？

"你跟他们讲讲为什么吧。"他说。

"什么为什么，亲爱的？"

"没什么为什么。"

她自从有了他以后，酒喝得没那么多了。但是只要他活着，他是绝不会写她的事情的，这一点他现在意识到了。

也不会写她们中的任何一个。有钱人愚钝，不是酒喝得太厉害，就是玩巴加门[①]太多。她们愚钝而且啰唆。他记得可怜的朱利安，记得他对于富人的带有罗曼蒂克意味的敬畏，记得他的一篇小说这样开头："富人跟你我不一样。"有人曾经这样回敬朱利安："是啊，他们比我们钱多。"但在朱利安听来，这话并不幽默。他认为他们是一个特别富有魅力的族类，等到他发现并非如此时，他便被毁了，其程度恰如他被其他随便什么东西毁了一样。

他一向瞧不起那些毁掉的人。一件事物你既已了解，就不是非喜欢它不可了。他觉得自己什么样的关口都过得去，因为无论什么事情，只要他不放在心上，就无法伤害他。

好吧。现在他不会将死亡放在心上了。先前他一直害怕的一件事是疼痛。他像别的男人一样忍得住痛，只要疼

① 译注：一种西洋的双陆棋，两个人玩，各十五子，掷骰子决定行棋格数。

痛延续的时间不太长，别把他弄得筋疲力尽。但这一回他有个地方伤得太厉害了，正当他觉得自己快要被它弄垮的时候，疼痛停止了。

他记起多年前的那个夜晚，投弹军官威廉森钻过铁丝网爬回来时，德军巡逻队的一个兵向他投了一枚手榴弹。他被炸伤了，尖叫着，求大家开枪打死他。他是个胖子，虽然爱做一些离奇古怪的显摆，却很勇敢，是个好军官。可那天晚上他被卡在铁丝网里了，随着一颗照明弹将他照亮，他的肠子被炸出来钩在了铁丝网上。所以他们不得不把他的肠子割断，才将他抬了回来，当时他还活着。开枪打死我，哈里。看在上帝的面上，开枪打死我吧。有一回，他们曾经争论过凡主所赐予没有不可忍受这句话。有一种理论就是这样说的，意思是过一段时间，痛苦会自行消失。但是他一直忘不了威廉森，那个夜晚的威廉森。痛苦并没有从威廉森身上消失，最后他拿出一直留着给自己用的吗啡药片，全都给威廉森吃了，也并没有立刻就见效。

不过，现在他所承受的痛苦是很轻的。如果就这样下去，情况不恶化，便没有什么好担心的。只除了他希望有更多的人陪伴在身边。

他想了一想自己会希望有哪些人陪伴。

不，他心想，你做每一件事都做得太久，做得太晚，你就不能指望发现别人仍然在陪你你啦。人已经全走了。酒尽杯空，曲终人散，现在只剩下你和女主人啦。

我越来越对死感到厌倦了，就像对所有别的事情一样，他心想。

“真让人厌倦。”他说出声来。

“什么事让人厌倦，亲爱的？”

“所有做起来时间长得要命的事。”

他望着她的脸。她背靠着椅子背，坐在他与篝火之间，一张线条可爱的脸，映照着火光。他看得出来，她已经困了。他听见鬣狗弄出来的一记声响，就在火光照到的范围之外。

“我一直在写作。”他说，“我累啦。”

“你觉得能睡着吗？”

“肯定能。你为什么不进去睡觉？”

“我想坐这儿陪着你。”

“你感觉到什么奇怪的东西了吗？”他问她。

“没有，就感觉到有点困。”

“我感觉到了。”他说。

刚才他感觉到死神又一次从身旁经过。

“你知道，我唯一从来不曾失去过的东西是好奇心。”他对她说。

“你什么也没有失去过。你是我认识的最完美的男人。”

“上帝啊。”他说，“女人的见识真是太少啦。凭什么？你的直觉？”

就在这个时候，死神已经来到了，它将头靠在帆布床的脚上，他闻得出它的气息。

“决不要相信死神是一把镰刀加一个骷髅头那种说法。”他告诉她说，“它很可能就是两个骑自行车的警察，或者是一只鸟儿。也可能像鬣狗一样，有一张很宽的口鼻。”

这会儿它已经进逼到他身边，但它已经不具有形状。它只是将空间占了。

“叫它滚开。”

它没有滚开，而是又逼近了些。

“你呼出来的气真是难闻得要命。”他对它说，“你这个臭烘烘的杂种。”

它还在一点点地凑近他，现在他无法对它说话了。它发现他说不出话来，就又凑近了一点。现在他想一言不发地将它打发走，但它却上来了，将重量全压在了他的胸口。它趴在他身上，他不能动弹也说不出话，这时他听见女人说道：“先生睡着了。把帆布床抬起来，轻一点，抬进帐篷里去。”

他说不出话来，没法叫她把它赶走。现在它趴在身上的分量更重了，已经压得他透不过气来。然后，当他们抬起帆布床的时候，突然就没事了，他胸口的重压消失了。

现在是早晨，已经天亮有一段时间了，他听见飞机的声音。开始它显得只有一丁点儿大，然后转了一个大圈子。仆人们跑出来用煤油点着了火，堆上草，于是平整的空地两头起了两股浓烟。晨风将烟吹向帐篷，飞机又转了两个圈子，这回飞得低了。接着，飞机向下滑翔，拉平，平稳地降落在了空地上。迎面向他走来的是老康普顿，下身一条宽松长裤，上身一件花呢夹克，头上一顶棕色毡帽。

“出什么事啦，老兄？”康普顿说。

“腿坏了。”他告诉他说，“先吃点早饭吧？”

“谢谢，只要喝点茶就行啦。你知道，这是架‘银色天社蛾’，我不可能搞到一架‘夫人’。只坐得下一个人，你的卡车在路上。”

海伦把康普顿拉到一边去了，正在跟他说些什么。回来的时候，康普顿显得比什么时候都更快活。

“我们得马上把你弄上飞机。”他说，“我还要回来接你太太。这样恐怕我就要在阿鲁莎[①]停一下了，加点油。我们最好现在就走。”

“茶也不喝了？”

“喝不喝其实我无所谓的，你知道。”

仆人们抬起了帆布床，绕过那些个绿色的帐篷，沿着岩石往下走，来到旷野上。借着风势，那两堆生烟的火此刻烧得很旺，草已经全烧光了。他们顺着两堆烟火走过去，来到小飞机跟前。把他弄进去费了些事，但一进飞机，他就躺靠在皮椅子里，将那条伤腿直挺挺地伸到康普顿的驾座一侧。康普顿发动了引擎，然后钻进了飞机。他挥手向海伦和仆人们告别，随着引擎的咔嗒声变成熟悉亲切的轰鸣声，他们摇摇晃晃地转起弯儿来。康培[①]留神避开疣猪

① 译注：坦桑尼亚北部行政区阿鲁莎区的首府。

坑穴，飞机轰鸣着，沿着两堆火之间的跑道颠簸着往前冲。随着最后一下颠簸，飞机起飞了。他看见他们都站在下面，朝飞机挥手。那些依山搭建的帐篷现在变得越来越扁平，旷野延展开去，树林成了一小簇一小簇，那片灌木丛也越来越扁平了。野兽踏出来的那些小径，现在看上去都很平坦地伸向一个个干涸的水洼，其中有一处新水源，那是他一直不知道的。斑马现在成了一个个小小的、圆滚滚的脊背。那些大头的小点儿是牛羚，它们像一根根长手指般在旷野上移动时，看上去简直像在爬。飞机的影子过来了，它们四散奔逃，现在它们只有一丁点儿小了，已经看不出它们在飞奔。目力所及，旷野现在是一片灰黄色，眼前则是老康培的粗花呢脊背和棕色毡帽。这时他们正飞过平原尽头的第一排小山，那些牛羚正沿着小径往山上爬。接着，他们飞到了群山的上空，看见突现的深谷里生长着绿意蓬

①译注：康普顿的昵称。

勃的树林，山坡上绵延着浓密的竹林，然后又是密密的树林，刻画出山峰与山谷，最后交叉在一起。山峦渐渐平缓，接下来是另一片平原。这会儿热起来了，紫褐色，又颠簸又热，康培回过头来看看他飞得好不好。前面又是黑压压的一片群山。

接下来他们并没有飞往阿鲁莎，而是转弯向左飞去，显然，康培算下来认为汽油足够了。他向下面望去，看见一片粉红色的、像筛下来的粉一样的云，在大地上方漂移着。从空中望去，它像是一阵无有来处的暴风雪的前锋。他知道，这是蝗虫从南方过来了。接下来他们开始爬升，似乎在向东飞去。随后，周围暗了下来，他们飞进了暴雨之中。雨太大了，仿佛他们是从瀑布中穿过似的。然后他们出来了，康培转过头来，咧开嘴笑着，用手指了指。他看见了，在前方，占满视野，宽广如整个世界的，那么雄伟，那么高，在阳光下白得令人无法置信的，那是乞力马扎罗山的方形山巅。这时他明白了，那就是他要去的地方。

就在这个时候，鬣狗在夜里停止了呜咽，开始发出一种奇怪的、差不多像哭一样的人声。女人听到了，不安地动了一下。她没有醒。在梦中，她在长岛的宅子里，那是她女儿初次参加社交活动的前夜。不知怎么的，她的父亲在也场，他的态度一直很粗暴。这时，鬣狗发出的哭声太响，把她吵醒了。有一会儿，她不知道自己身在何处，心里很害怕。然后她拿起手电筒，向另一张帆布床照过去：先前哈里一睡着，他们便将他抬了进来。隔着蚊帐，她看得见他的身躯，但不知怎么的，他那条腿钻出来了，耷拉在床边。敷着药的纱布全脱落下来了，她无法再看下去。

“莫洛。”她喊道，“莫洛！莫洛！”

然后她唤道：“哈里，哈里！”然后她提高了声音，“哈里！求求你。哦，哈里！”

没有回应，她听不到他的呼吸声。

帐篷外面，鬣狗还在发着那种奇怪的声音，刚才她就是被它吵醒的。但现在她听不见了，她的心跳得太厉害了。

白象似的群山

1927年　收录在短篇小说集《没有女人的男人》

埃布罗河谷[1]的对岸，是连绵的白色山峦。河谷这一边是一片无遮无盖的大地，见不到一棵树，车站夹在太阳底下的两条铁轨中间。紧贴车站的一侧，一座房子投下一片暖烘烘的阴影。这间酒吧的门敞开着，一道竹珠串编的帘子挂在门口挡苍蝇。美国人和同他一起的那个姑娘坐在房子外面，在阴影中的一张桌子旁边。天很热，从巴塞罗那[2]来的快车还有四十分钟才会到。火车会在这个交会小站停

① 译注：埃布罗河完全在西班牙境内，是西班牙最长的河流

② 译注：西班牙名城和第二大城市，位临地中海

两分钟，然后开往马德里。

“我们喝点什么呢？”姑娘问。她脱下了帽子，放在桌子上。

“好热。”男子说。

“那就喝点啤酒吧。”

“Dos cervezas[①]。”男子朝门帘里面说。

“大杯的？”门口一个妇人问道。

“对，两大杯。”

妇人端来两玻璃杯啤酒，外带两个毛毡杯垫。她将垫子和啤酒一一放在桌上，看看男子，又看了看姑娘。姑娘正眺望着山峦的峰线。阳光下那些小山呈着白色，旷野则是褐色的，单调乏味。

“那些山看上去像白象。”她说。

“我从没见过白象。”男子喝着啤酒。

---

① 译注：西班牙语：两杯啤酒。

“是啊，你不可能见过。”

“也许我曾经见过呢。”男子说，“光凭你说我不可能见过，那是证明不了什么的。”

姑娘望着珠帘。“帘子上有画儿。”她说，“说的什么意思？”

“Anis del Toro[①]，一种饮料。”

“尝尝好吗？”

男子朝门帘里面喊了一声“来人”，妇人从酒吧里走了出来。

“四个里亚尔[②]。”

“来两杯Anis del Toro。”

“掺水吗？”

“你要掺水的吗？”

---

① 译注：西班牙文：大茴香酒。

② 译注：旧时西班牙货币名。

“我不知道。”姑娘说，“掺水好喝吗？”

“挺好喝的。”

“你们想要掺水的吗？”妇人问。

“是，掺水的。”

“这酒的味道像甘草。”姑娘说，一边放下玻璃杯。

“都是这样的。”

“是啊。”姑娘说，“都是甘草味儿的。特别是所有你等待了很久的东西，苦艾酒就是。”

“哦，别说了。”

“是你开的头。”姑娘说，“刚才我挺开心，刚才我心情挺好的。”

“好吧，那我们就想办法心情好些。”

“好啊，刚才我一直在努力。刚才我说那些山像白象，这是不是一个光明的想法？”

“很光明。”

“我还说想要尝尝这种没喝过的饮料。没别的事做呀，就是看看风景，尝尝没喝过的饮料，是不？”

“是这样的。”

姑娘望着河谷对面的山峦。

“那些山很可爱。”她说，“并不是它们真的看上去像白象。我的意思就是，透过树木看山的颜色，很像。”

“再来一杯好吗？”

“好啊。”

暖风吹动下，珠帘拂着桌子。

“这啤酒凉冰冰的，味道很好。”男子说。

“很好喝。”姑娘说。

“其实是个简单得要命的手术，吉格。”男子说，“根本算不上一个真正的手术。”

姑娘眼睛看着桌子腿下面的地面。

“我知道你不会在意的，吉格。那真算不上一回事，只不过是放些空气进去。”

姑娘一言不发。

“我和你一起去，我会自始至终在你身边。他们只是放些空气进去，然后就万事大吉，一切如常了。”

“那以后我们怎么办呢？”

“以后我们会好好的，就像以前一样。”

“你怎么会这样想呢？”

“只有这一件事让我们烦恼呀，只有这一件事使我们不快乐。”

姑娘望着珠帘，伸出手来握住两串珠子。

“你觉得然后我们就和和美美，快快乐乐了。”

“那是啊。你不必害怕，我认识不少做过的人。”

“我也认识一些。”姑娘说，“过后他们都过得很快乐。”

“嗯。”男子说，“如果你不愿意，不是非做不可的。你不愿意的话我不会勉强你。不过我了解，那是简单之极的手术。”

“你真的希望我做？”

“我觉得这是最好的办法。但我不希望你勉强去做，你若不是真心愿意的话。”

“假如我做了，你会感到快乐，一切会像从前一样，你会很爱我？”

“现在我也爱你，你知道我爱你。”

“我知道。但假如我做了，我再说一样东西像白象的时候，是不是就又会和和美美了，你会喜欢我那样说？”

“我会很喜欢的。现在我就很喜欢，只是没法子把心思放在上面。你知道我心里面烦恼时是什么德性。”

“假如我做了，你就不会再烦恼？”

“我不会为手术烦恼的，因为简单极了。”

“那我就做吧。因为我不在乎自己。”

“你这话什么意思？”

“我不在乎自己。”

“嗨，可我在乎你。”

“哦，是的。可我不在乎自己。我把手术做了，然后就万事大吉，一切顺利了。”

“如果你这样想，我倒不希望你去做了。”

姑娘站起身来，走到车站尽头。对面，铁路的另一侧，沿着埃布罗河的两岸绵延着麦田和树木。远处，大河的另一边是起伏的群山。一片云影掠过麦田，透过树木，她看到了河流。

“我们原本可以拥有这一切的。”她说，“我们原本可以拥有一切，却弄得一天天越来越不可能了。”

“你说什么？”

“我说我们原本可以拥有一切。”

“不，不可能的。”

“我们原本可以拥有整个世界。”

“不，不可能的。”

“我们可以游遍天下。”

“不，不可能的。我们不再拥有了。”

“世界属于我们。”

“不，不属于。一旦被夺走，就再也要不回来了。”

“可是还没有被夺走呀。”

“我们等着瞧吧。”

“回到阴凉的地方来吧。”他说，“你没必要有这种情绪。”

“我什么情绪也没有。”姑娘说，“只是我心里明白而已。”

“我不会勉强你做任何事，如果你不想做……”

“或者做了对我不好。”她说，“我知道啦。再喝一杯好吗？”

“好啊。但你一定要了解……”

“我了解啦。”姑娘说，“我们可不可以不要再聊了？”

他们在桌边坐下来，姑娘的眼睛望着河谷对面干涸的坡岸上的山峦，男子的眼睛望着姑娘和桌子。

“你一定要了解。”他说，“如果你不愿意做，我是不希望你去做的。如果这件事对你意义重大，我十分愿意整个儿承担下来。”

“难道它对你来说没什么意义吗？我们原本可以应付的。”

“那当然。不过我什么人也不要，只要你。别的人我谁也不要。而且我知道手术极其简单。”

“是啊，你知道的，手术极其简单。”

“你要这样说我也没办法，不过我确实知道。”

“你可以现在替我做一件事吗？”

“我愿意为你做任何事。”

“那我拜托你，求求你拜拜你谢谢你，不要再说了好不好？”

他没再说什么，只把眼睛望着靠在车站墙根的旅行包。包上贴着他们曾经过夜的所有旅馆的标签。

“但我并不希望你做。”他说，“怎么样我也不在乎。”

“我要尖叫了。”姑娘说。

妇人端着两杯啤酒从帘子里走出来，将酒杯放在了已经有点湿的杯垫上。“火车五分钟后到。”她说。

“她说什么？”姑娘问。

“再过五分钟火车就到。”

姑娘递给妇人一个明朗的微笑，表示谢意。

“我还是把行李拿到车站另一边去吧。”男子说。她冲他笑了一下。

“好，然后回来，我们把啤酒喝完。”

他提起两个沉重的旅行包，绕过车站，送到了另一条铁轨边。他顺着铁轨，向车来的方向望去，但看不见火车的影子。回来时他穿过酒吧，看见候车的人们在里面喝酒。他在吧台边喝了一杯茴香酒，看了看周围的人。他们都在心平气和地等火车。他撩开珠帘走了出去。她正坐在桌边，向他微笑着。

“你感觉好些了？”他问。

“我感觉挺好。”她说，“我没事。我感觉挺好。”

印第安人营地

1924年 收录在小说集《在我们的时代里》

湖岸边，又一条小划艇被拖了过来。两个印第安人站那儿等着。

尼克和父亲上了小划艇，坐在船尾。两个印第安人将船推下水去，其中一个上来给他们划船。乔治叔叔坐在皮筏子[①]的尾部，年轻的那个印第安人将它推下水，上去给乔治叔叔当桨手。

黑暗中两只小船离了岸。尼克听见另一只船的桨架发

① 译注：原文为 camp rowboat，这是印第安人营地迁徙时随同携带的一种轻便小船，通常用兽皮蒙在船骨架上制成。

出的声响，夜雾中在他们前头挺远。两只船上的印第安人一下下快速地划着，搅起一轮轮的水浪。尼克仰面躺倒，父亲的手臂搂着他。湖面上很冷。给他们划船的印第安人非常卖力，但这段时间里，夜雾中另一只船跑在前头更远了。

“我们去哪儿，爸爸？”尼克问。

“去那边印第安人的营地，有个印第安女人病得很厉害。”

“哦。”尼克说。

他们到达湖湾对岸时，发现另一只船已经在湖滩上了，乔治叔叔在黑暗中抽雪茄。年轻印第安人过来，将他们的船拖上了湖滩。乔治叔叔递给印第安人一人一支雪茄。

他们离开湖滩，穿过一片湿漉漉浸透了露水的草地往前走，年轻印第安人提着一盏灯走在前头。接着他们进了一片树林，顺着一条小径走，来到一条折向山里的伐木道上。这条路上光线亮多了，因为路两边的树木都已经被砍伐掉了。年轻印第安人停住脚，吹灭了灯，一行人沿着伐木道继续前行。

转过一个弯后，一条狗吠叫着冲了出来。前面，几座棚屋里透出灯光来，里面住的是以剥树皮为生的印第安人。又有几条狗冲出来，两个印第安人将它们喝叫回棚屋里去了。最靠近路边的那座棚屋窗户上映着灯光，一个老妇人举着一盏灯站在门口。

屋子里，一张木板床上躺着一个年轻的印第安女人。已经两天了，她还没有把孩子生下来。营地里所有的老妇人都过来帮她了。男人们跑到听不见她的叫喊声的地方，在黑暗中坐在路边抽烟。尼克和他的爸爸，两个印第安人，还有乔治叔叔走进棚屋的时候，她正在尖叫。她躺在下铺，被子下面肚子高高地隆起。她的脑袋扭向一侧。上铺是她的丈夫。三天前，他用斧子干活时砍了自己的脚，伤得很重。他正在抽烟斗，屋子里气味很难闻。

尼克的父亲叫人在炉子上烧些水，趁烧水的时间，他同尼克说话。

“这位夫人要生孩子了，尼克。”他说。

“我知道。”尼克说。

“你并不知道。”父亲说，“听我说，她正在经历的过程叫作阵痛。婴儿想被生下来，她想把婴儿生下来。她全身的肌肉都在努力，要把婴儿生下来。这就是她尖叫的时候发生的事。”

“我明白了。”尼克说。

就在这个时候，女人又尖叫起来。

“哦，爸爸，你不能给她点东西，让她不叫吗？”尼克问。

“没办法，我没带麻药。”他父亲说，“叫就叫吧，这不重要。我只当听不见，因为这不重要。”

上铺女人的丈夫翻了个身，脸冲着墙。

厨房里的妇人向医生打了个手势，告知水热了。尼克的父亲走进厨房，将大水壶中的水倒了大约一半在盆里。

他解开手绢，把包在里面的几样东西放进了壶中剩下的水里。

“这水要烧开。”他说，拿出从营地带来的一块肥皂，开始在那盆热水中洗手。尼克看着父亲的两只手打了肥皂，互相揉搓着。父亲一边仔仔细细地洗手，一边同尼克说话。

“你瞧，尼克，婴儿出生时一般是头先出来的，但有时不是。如果不是的话，就会给大家造成许多麻烦。也许我得给这位女士动手术呢。一会儿就知道了。”

他觉得手洗得够干净了，便走进去，准备干活儿。

“你来把被子撩开好吗，乔治？”他说，“我还是不要碰它比较好。”

过了一会儿，他开始动手术了。乔治叔叔和三个印第安人将女人按住，不让她动。她咬住了乔治叔叔的手臂，乔治叔叔说：“该死的狗婆娘！”给乔治叔叔划船的年轻印第安人听了直笑他。尼克为父亲端着盆。手术进行了很长时间。父亲将婴儿抱出来，拍一拍，让他开始呼吸，然后递给老妇人。

“看到了吧，是个男孩儿，尼克。”他说，“怎么样，做个实习医生感觉还不错吧？”

尼克说：“还好。”他眼睛望着别处，以免看见父亲正在做的事。

“行了，这样就完成啦。”他父亲一边说，一边将一样东西放进盆里。尼克不去看。

“现在还有缝几针的活儿要干。你看也行，不看也行，随便你，尼克。我得把我切开的口子缝合好。”

尼克没有看，他的好奇心早已经消失了。

他父亲干完活儿，站直了身子。乔治叔叔和三个印第安人也站了起来。尼克把盆子端出去，放在厨房里。

乔治叔叔瞅着自己的手臂。年轻印第安人笑着，仿佛想起了什么似的。

“待会儿我给你涂点双氧水，乔治。”医生说。他向印第安女人俯下身去。现在她安静了，眼睛闭拢着。她脸色苍白，不知道婴儿的情形，周围的情形一概不知。

“明天上午我再过来。”医生站直了身子，说道，“圣伊格纳斯的护士大概中午到，她会带来我们需要的所有物品。”

他感到兴奋，话多起来了，就像更衣室里刚踢完一场球的足球队员一样。

“这例手术可以上医疗杂志了，乔治。”他说，“用一把大折刀做剖腹，用九英尺捻细的肠衣线缝合。”

乔治叔叔靠墙站着，看着自己的手臂。

“哦，你是个了不起的人，确实是的。”他说。

“该看一下那位得意的爸爸了。在这种小事情上，他们往往是最受煎熬的人。”医生说道，“我得说，他对待这件事倒是平静得很呢。”

他撩开蒙在那印第安人头上的毯子。他的手挪开时是湿的。他踩住下铺的边沿，提起身子，一只手举着灯，朝上铺望去。那印第安人脸朝墙侧卧着。从左耳根到右耳根，他的喉咙割开了一道口子。流出来的血在他的身体陷进床褥处形成了血泊。他的头枕在左臂上。打开的剃刀掉在毯子上，锋刃朝上。

“带尼克离开屋子，乔治。”医生说。

没那个必要了。尼克就站在厨房门口，当父亲一手举着灯，将那印第安人的脑袋翻过来时，上铺的情形他看得清清楚楚。

父子俩沿着伐木道走回湖边时，天刚蒙蒙亮。

“非常抱歉，我不该带你来的，尼基[①]。”父亲说，手术后的兴奋劲儿已经无影无踪，“太糟糕了，让你从头看到尾。”

“夫人们生孩子都是这样遭罪的吗？”尼克问。

“不是的，那是个非常、非常少见的例外。”

---

① 译注：尼基是尼克的昵称。

“他为什么要自杀呀，爸爸？”

“我不知道，尼克。我猜，大概是他经不住事情吧。”

“自杀的人很多吗，爸爸？”

“不是很多，尼克。”

“女人自杀的多吗？”

“很少见的。”

“从来没有吗？”

“嗯，也有，有时候有。”

“爸爸？”

“嗯？”

“乔治叔叔去哪儿了？”

“他会来的，不会有事的。”

“死是很难的事情吗，爸爸？”

“不难，我想，死是很容易的事，尼克。要看具体情况。”

他们在船里面落了坐，尼克在船尾，他父亲划桨。太阳正从山峦后面升起来。一条鲈鱼跳出水，在湖面上荡起一圈涟漪。尼克把手伸下去，让它在水里拖行。在寒意凛冽的清晨，水给人暖和的感觉。

在初晨的湖面上，坐在船尾，父亲划着船，他心里面十分笃定，觉得自己永远不会死。

杀　手

1927年　收录在短篇小说集《没有女人的男人》

亨利餐厅的门开了，进来两个男子。他们在柜台边坐下。

“二位要点什么？”乔治问他们。

“我不知道。”其中一人说，“你想吃什么，艾尔？”

“我不知道。”艾尔说，“我不知道我想吃什么。”

外面天色在渐渐暗下来。窗外，街灯亮了。柜台边的两个男子在看菜单。柜台另一头，尼克·亚当斯注视着他们。刚才他们进来的时候，他正同乔治说话。

“我要一份烤猪腰肉加苹果酱和土豆泥。”第一个男子说。

“这个还不能上。”

“真见鬼，那你们为什么写在菜单上？”

“那是晚餐。”乔治解释说，“到六点钟就可以给你上了。”

乔治望了一眼柜台后面墙上的挂钟。

“现在是五点。”

“钟上是五点二十。”第二个男子说。

“这钟快二十分钟。”

“嗬，让这个烂钟见鬼去吧。”第一个男子说，“你们这儿到底有什么吃的？”

“各种三明治都有。”乔治说，“你们可以点火腿加蛋，培根加蛋，猪肝加培根，或者叫一份牛排。”

“给我来一份炸鸡肉饼，加青豆、奶油沙司和土豆泥。”

“那是晚餐。”

“我们要哪一样，哪一样就是晚餐，嗯？你们就这样糊弄人。”

“我可以给你上火腿加蛋，培根加蛋，猪肝……”

“我就来一份火腿加蛋吧。”名叫艾尔的男子说道。他头戴一顶常礼帽，穿一件胸前一排横扣的黑色大衣。他脸盘子小而白，嘴唇抿得紧紧的。他还围一条丝绸围巾，戴着手套。

“给我来一份培根加蛋。”另一个男子说。他的个头和艾尔差不多。两个人脸长得不像，衣服却穿得像孪生兄弟。两个人的大衣都紧绷在身上。他们上身前倾着坐在那儿，胳膊肘支在柜台上。

“有什么喝的吗？”艾尔问。

“银标啤酒，bevo[①]，姜汁汽水。”乔治说。

“我的意思是，有什么可以喝的？”

“就我说的这些。”

① 译注：美国禁酒时期开发出来的一种软饮料。

“这是个很热的镇子。”另一个男子说，“叫什么名？”

“苏密特。”

“听说过吗？”艾尔问同伴。

“没听说过。”同伴说。

“你们这儿晚上干些什么？”艾尔问。

“吃晚饭。”同伴说，“大家都来这儿吃晚饭。”

“对啊。”乔治说。

“你认为很对？”艾尔问乔治。

“那当然。”

“你是个聪明伶俐的小子，对吗？”

“那当然。”乔治说。

“嗯，不像。”另一个小个子男人说，“他像不像很聪明伶俐，艾尔？”

“他呆头呆脑的。”艾尔说，然后转过身去对着尼克，“你叫什么名字？”

“亚当斯。”

“又一个聪明伶俐的小子。”艾尔说，“他倒像是很聪明伶俐，是吧，马克斯？”

“这镇子里到处是聪明伶俐的小子。”马克斯说。

乔治把两个大盘子放在了柜台上，一盘火腿加蛋，一盘培根加蛋。他又端来两碟煎土豆，然后关上了通向厨房的小门。

“哪一份是你要的？”他问艾尔。

“你不记得了？”

“火腿加蛋。”

“真是个聪明伶俐的小子。”马克斯说。他前倾着身子，吃起火腿和蛋来。两个人都戴着手套吃饭。乔治看着他们吃。

“你看什么看？”马克斯瞪着乔治。

“没看什么。”

“见你的鬼。你在看着我。”

“也许这小子是在看着玩儿，马克斯。”艾尔说。

乔治笑了。

“你没有必要笑。”马克斯对他说，“你根本没必要笑，明白？”

“行。”乔治说。

“这么说他认为行。”马克斯转过脸去对着艾尔，“他认为行。这是个好想法。”

“哦，他是个思想家。”艾尔说。他们接着吃饭。

“柜台那一头那个聪明伶俐的小子叫什么名字？”艾尔问马克斯。

“嗨，聪明伶俐的小子。”马克斯对尼克说，“你跟你的男朋友一起，到柜台另一边去。”

“什么意思？”尼克问。

“没什么意思。”

“你最好还是过去，聪明伶俐的小子。”艾尔说。尼克绕到柜台后面去了。

“什么意思？”乔治问。

“没你该死的什么事。”艾尔说，“谁在厨房里？”

“黑佬。”

“黑佬是什么意思？”

“那个黑人，厨子。”

“叫他进来。”

“什么意思？”

“叫他进来。”

“你以为这是什么地方？”

“这是什么鬼地方我们清楚得很。”名叫马克斯的说，“我们像是傻子吗？”

“你这样说话倒是像傻子。”艾尔对他说道，“见鬼，你跟这小子争什么？听好了。”他对乔治说，“叫黑佬出来，到这儿来。”

“叫他干什么？你们要干什么？”

“什么也不干。用用脑子，聪明伶俐的小子。我们会对一个黑佬干什么呢？”

乔治打开了向厨房里面开的窄口子小窗。“山姆。”他叫道，“你出来一下。”

厨房门打开，黑佬走了进来。“什么事？”他问。柜台边的两个男子打量了他一眼。

“行了，黑佬，你就站在那地方。”艾尔说。

黑佬，也就是系着围裙的山姆，站在那儿不动，望着柜台边坐着的两个男子。“是，先生。”他说。艾尔从高脚凳上下来了。

“我跟黑佬和聪明伶俐的小子回厨房去。”他说，“走吧，回厨房，黑佬。你跟着他，聪明伶俐的小子。”小个子男人跟在尼克和厨子山姆后面，走进了厨房。门在他们身后关上了。名叫马克斯的男子坐在柜台边，跟乔治面对面。他并没有看乔治，而是看着柜台后面统长的一面镜子。亨利餐厅原是一间酒吧，后来改成餐厅的。

“嗯，聪明伶俐的小子。”马克斯看着镜子里面说道，“你怎么不吭声？”

“这到底是怎么回事？”

“嗨，艾尔。”马克斯喊道，“聪明伶俐的小子想知道这到底是怎么回事。”

“你为什么不告诉他？”艾尔的声音从厨房里传来。

“你觉得这是怎么回事？”

“我不知道。”

“那你觉得呢？”

马克斯说话的时候一直看着镜子里。

“我不想说。”

“嗨，艾尔，聪明伶俐的小子说，他不想说他觉得这是怎么回事。”

“我听得见你们说的话。”艾尔在厨房里说。窄口子小窗被他开在那儿了，那是盘子和番茄酱瓶子递进递出的地方。“听着，聪明伶俐的小子。”他从厨房里对乔治说道，“沿着餐柜稍微站前面一点。你稍微向左边移一点，马克斯。”他像是摄影师在安排拍合影照一样。

“回我的话，聪明伶俐的小子。”马克斯说，“你觉得会发生什么事？”

乔治一声不吭。

“我来告诉你吧。”马克斯说，“我们要杀一个瑞典人。你认识一个名叫奥尔·安德森的瑞典人吗？”

“认识。”

“他每天晚上来这儿吃饭，是不是？”

“他有时会来。”

“他六点钟来，是不是？”

“如果他来的话。”

“我们全都了解，聪明伶俐的小子。”马克斯说，“聊点别的事情吧。看过电影吗？”

“偶尔看一回。”

“你应该多看电影。看电影对你这种聪明伶俐的小子有好处。”

“你们为什么要杀奥尔·安德森？他干了什么对不住你

们的事？”

“他不曾有过这个机会。他连我们的面都没有见过。”

“他会有机会见我们一次，唯一的一次。”艾尔在厨房里说道。

“那你们杀他是为了什么呢？”乔治问。

“我们杀他是为了一个朋友。只是帮朋友一个忙，聪明伶俐的小子。”

“闭嘴。”艾尔在厨房里说道，“你他妈的说得太多了。”

“嗯，我得让聪明伶俐的小子开开心心的呀。我让你开心了吗，聪明伶俐的小子？”

“你说得太多了。”艾尔说，“黑佬和我这个聪明伶俐的小子他们自个儿开心。我把他俩捆在一起了，就像修道院里的一对女同性恋一样。”

“这么说，你在修道院里待过？”

“我不会告诉你的。”

“你在犹太教修道院里待过。那就是你的出处。”

乔治抬头看看钟。

“如果有人进来，你就说厨子不在。如果他们不肯罢休，你就对他们说，你自己去后面给他们做。明白了么，聪明伶俐的小子？”

“没问题。”乔治说，“办完事后你们怎样处理我们？”

“那要看情况了。”马克斯说，“有许多事情当时你是不可能知道的，这就是其中一件。”

乔治抬头看钟。六点一刻。临街的门开了，走进来一个有轨电车司机。

“哈啰，乔治。”他说，“晚饭有得吃吗？”

“山姆出去了。”乔治说，“他大概半小时后回来。”

“我还是另找一家店吧。”有轨电车司机说。乔治看着钟。六点二十分。

“表现挺好，聪明伶俐的小子。”马克斯说，“你是个规矩的小绅士。”

“他知道不然我会打爆他的脑袋。”艾尔在厨房里说道。

“不。”马克斯说，“不是那样的。聪明伶俐的小子挺好，他是个好小子。我喜欢他。”

六点五十五分时，乔治说：“他不会来了。”

之前餐厅里又来过两个人。其中一回乔治下厨房，做了一只火腿加蛋三明治“外卖”，给一个人带走。他在厨房里看见艾尔常礼帽歪戴在脑后，坐在窗口边一张凳子上，一支锯短了的滑膛枪的枪口搁在小窗口的窗台上。尼克和厨子背靠背绑着待在角落里，嘴里都被塞了一条毛巾。乔治做好三明治，用油纸包好，放进一只袋子里，拿出厨房。客人付了钱，走了。

“聪明伶俐的小子样样事都会做。”马克斯说，“他会做菜，会做各种事。你会把个大姑娘变成好老婆的，聪明伶俐的小子。”

“是吗？”乔治说，“你的朋友奥尔·安德森不会来了。”

“我们再给他十分钟。”马克斯说。

马克斯注视着镜子和钟。钟的指针指向七点，然后到了七点零五分。

“得啦，艾尔。”马克斯说，“我们还是走吧。他不会来了。”

“最好再给他五分钟。”艾尔在厨房里说。

这五分钟里进来了一个客人，乔治解释说厨子生病了。

“见鬼，你们为什么不另请个厨师？”那人责问道，“难道你们开的不是餐厅？”然后走了出去。

“得啦，艾尔。”马克斯说。

“这两个聪明伶俐的小子和黑佬怎么办？”

“他们没问题。”

“你觉得没问题？”

“肯定。我们的事情完成啦。”

“我不喜欢这样。”艾尔说，“太草率。你说得太多了。”

“噢，见鬼。”马克斯说，“我们得一直开开心心的，我们不是很开心吗？”

“你还是说得太多了。”艾尔说。他从厨房里走了出来。

紧绷绷的大衣下面，滑膛枪锯短的枪管在他腰间鼓起了一小块。他用戴手套的手将衣襟拉拉直。

“再会了，聪明伶俐的小子。”他对乔治说道，“你真走运。”

“这是实话。”马克斯说，“你该去赌马，聪明伶俐的小子。”

两个人出门而去。乔治透过窗户看着他们从弧光灯下经过，走到大街对面。那副穿着紧绷绷的大衣戴着常礼帽的模样，倒像是玩杂耍卖艺的。乔治穿过双开式弹簧门，回到厨房，给尼克和厨子松了绑。

“我再也不想遭这种罪啦。”厨子山姆说，“我再也不想遭这种罪啦。”

尼克站起身来。他还从来没让人用毛巾塞住嘴过呢。

“切。”他说，“搞什么鬼？”他在壮胆压惊。

“他们要杀奥尔·安德森。”乔治说，“他们要趁他进来吃饭时开枪杀死他。”

“奥尔·安德森？”

“没错。”

厨子用两个大拇指摸着嘴角。

“两人都走了？”他问。

“是的。”乔治说，“已经都走了。”

“我不喜欢这种事。”厨子说，“我一点也不喜欢这种事。”

“听着。”乔治对尼克说，“你最好去看一下奥尔·安德森。”

“行。”

“你还是一点也不要搅和进去比较好。”厨子山姆说，“最好离这种事远一点。”

“你要是不想去就别去。”乔治说。

“搅和到这种事里面去不会有好结果的。”厨子说，“躲远点。”

“我要去看他。”尼克对乔治说，“他住哪儿？”

厨子转身走开了。

“毛孩子总是知道自己想干什么的。”他说。

“他住在后面赫希家的出租公寓里。”乔治对尼克说。

“我去那儿看他。”

店外，弧光灯的灯光透过光秃秃的枝丫散落开来。尼克走到街上，靠着电车的轨道往后走。他在下一盏弧光灯处拐弯，折入一条巷子，走过三幢房子后，便来到了赫希家的出租公寓。尼克走上两级台阶，揿响门铃。一个妇人来应门。

“奥尔·安德森住这儿吗？”

“你想见他？”

“是的，不知他在不在家。”

尼克跟着那妇人上了一段楼梯，接着往后走，来到一条走廊的尽头。她敲了敲门。

“谁呀？”

“有人想见你，奥尔·安德森先生。”她说。

“我是尼克·亚当斯。”

“进来。”

尼克推开门，走进房间。奥尔·安德森和衣躺在床上。他曾经是个重量级职业拳击手，那张床对于他来说实在是短了些。他脑袋下面垫着两个枕头，躺在那儿眼睛没望着尼克。

“什么事？”他问。

“我在前面的亨利餐厅上班。”尼克说，“两个家伙闯进来，把我和厨子绑住，他们说要杀了你。”

听上去他好像在说傻话似的，奥尔·安德森一言不发。

“他们把我俩关在厨房里。”尼克接着说道，“等你来店里吃晚饭，到时候开枪杀了你。”

奥尔·安德森眼睛望着墙壁，一言不发。

“乔治觉得我最好来一趟，告诉你这件事。”

“这件事我没辙。”奥尔·安德森说。

“我跟你说说那两人的长相吧。”

“我不想知道他们的长相。”奥尔·安德森说，他眼睛望着墙壁，“谢谢你过来告诉我这件事。”

“不客气。”

尼克望着躺在床上的大个子。

“要不要我去警察局报个案？”

“不用了。”奥尔·安德森说，“没用的。”

“有什么我可以帮忙的呢？”

“不用了，这事没有任何办法的。”

“也许就是吓唬你一下。”

“不，不只是吓唬一下。”

奥尔·安德森翻了个身，面对着墙。

“唯一的问题是。”他对着墙壁说道，“我就是下不了决心出门去。我已经在这儿待一整天了。”

“你出城去不行吗？”

“不了。”奥尔·安德森说，“跑来跑去的，我已经够了。”

他望着墙壁。

“现在已经没有任何办法了。”

“找个办法，把这事给化解了，不行吗？”

“不行，我已经拔不出脚了。”他的声音依然像先前一样没有起伏，“已经没有任何办法。待会儿我会下个决心出门去的。”

“我还是回去见乔治吧。”尼克说。

“再会了。”奥尔·安德森说，他的目光并没有望着尼克，“多谢你来跑一趟。”

尼克走出了房间。随手关上门的时候，他看见，奥尔·安德森和衣躺在床上，眼睛望着墙壁。

“他在房间里待了一整天。”到了楼下，女房东对他说，“我看他是生病了。我对他说：‘奥尔·安德森先生，这么晴朗的秋日，你该出去走走。’但是他不喜欢出去。”

“他不想出门。”

“他不舒服我真难过。”妇人说，“他是个极好的好人。你知道，他是打拳的。”

“我知道的。”

“你不看他脸上的神情，永远想象不出他是个多好的人。”妇人说，“而且很绅士。”

“嗯，晚安，赫希太太。”尼克说。

“我不是赫希太太。”妇人说，“这地方是赫希太太的产业，我只是帮她照看。我是贝尔太太。”

“嗯，晚安，贝尔太太。”尼克说。

“晚安。”妇人说。

尼克沿着黑乎乎的街巷走到弧光灯下的拐角，然后挨着电车轨道走回到亨利餐厅。乔治在餐厅里，在柜台后面。

“见到奥尔了？”

“见到了。”尼克说，“他待在房间里，不想出门。”

听见尼克的声音，厨子从厨房里面把门打开了。

“我听也不想听。”他说，然后又把门关上了。

“你把事情都告诉他了？”乔治问。

“当然。我告诉他了，但他全都心里有数。”

“他准备怎么办？”

“什么也不办。”

“他们会杀了他的。”

“我觉得也是。”

“他一定是在芝加哥搅和到什么事情里去啦。”

“我也这么想。”尼克说。

“这真是一件混账透顶的事。”

“这件事太可怕啦。”尼克说。

他们不吭声了。乔治伸手拿了一条毛巾，擦起柜台来。

“我真纳闷，他究竟干了什么？”尼克说。

“出卖了什么人吧。他们一般都是为这个原因杀人。”

“我想离开这个城市。”尼克说。

“好。”乔治说，“那倒是一件好事。”

“他待在房间里，明知道已经大难临头，想到这个我心里面就受不了。见鬼，真是太可怕了。”

“嗯。”乔治说，“你还是不要去想它了吧。”

一个干净明亮的地方

1933年　收录在《海明威短篇小说》

很晚了，小酒馆里的人已走光，只剩下一个老人，坐在一棵树的树叶挡着电灯光形成的阴影里。白天的时候，大街上尘埃飞扬；到了晚上，尘埃便被露水压住了。老人喜欢坐到很晚，因为他是聋子，而这个时候很静，他能感觉到其间的差异。小酒馆里的两个侍者知道，老人已经有些醉了。他是个好主顾，但他们知道，如果他醉得太厉害，会不付账就走。所以，他们一直留意着他。

“上个礼拜他曾经要自杀。”一个侍者说。

“为什么？”

“他想不开了。”

“为了什么事？”

“算不上一回事的事情。”

“你怎么知道算不上一回事？”

“他很有钱。”

他们一起坐在小酒馆门边靠墙的一张桌子旁边，望着露台。露台上所有的桌子都已经空了，只有老人独自占着一张，坐在随风轻轻摇曳的树叶的阴影里。街上走过一个姑娘和一个士兵。街灯的光照亮了士兵衣领上的铜领章号码。姑娘没戴帽子或头巾，脚步匆匆地在他旁边走着。

“警卫队会把他抓走的。”一个侍者说。

“管它呢，能得到他追求的东西就行。”

“他还是马上离开这条大街比较好。警卫队会逮到他的。五分钟前他们刚从这儿经过。”

坐在阴影里的老人用玻璃杯敲了敲托碟。年纪小些的那个侍者走了过去。

“你想要什么？”

老人望望他。“再来一杯白兰地。”他说。

“你会醉的。”侍者说。老人望望他。侍者走开了。

“他会在这儿待一整夜的。”他对同伴说，“我已经觉得困了。我从来没在三点钟之前上床睡觉过。他本来上个礼拜就自杀死掉了。”

那个侍者从小酒馆柜台里又拿了一瓶白兰地、一只托碟，快步走出来，走到老人的桌子跟前。他放下托碟，然后给老人的玻璃杯里倒满酒。

“你本来上个礼拜就自杀死掉了。”他对聋子说道。老人用手指打了个手势。“再加一点。”他说。侍者接着往玻璃杯里倒酒，白兰地溢了出来，沿着高脚杯的柄脚流进了一叠托碟最上面的一只。“谢谢你。”老人说。

侍者将酒瓶放回酒馆里，然后又和同伴一起坐在门边的桌旁。

“这会儿他已经醉了。”他说。

“他每晚都喝醉。”

“他为了什么事情想自杀？”

“我怎么知道呢？”

“他是怎样自杀的？”

“他找了一根绳子上吊。”

“谁把绳子割断的？”

“他的侄女。”

“为什么要救他？”

“担心他的灵魂。”

“他有多少钱？”

“很多很多。”

“他一定有八十岁了。”

“再怎么说也得有八十了。”

“希望他早点回家去。我从来没在三点钟之前上床睡觉过。那么晚的时辰睡觉，算什么事儿呀？”

“他熬夜是因为他喜欢。”

“他孤身一人。我可不是孤身一人，我有个老婆在床上等着我呢。”

“他也有过老婆。”

“现在他有老婆也没用啦。”

“不能这么说。他要是有个老婆，会好很多。”

“他有侄女在照顾他。你说过，是她割断绳子把他放下来的。”

“我知道。”

“我可不想活到那么老。人老了脏兮兮的讨人嫌。”

“不全是那样。这老头很整洁啊，他喝酒从不滴滴答答往外漏，就连现在喝醉了也是。你瞧他。”

“我不想瞧他。我希望他回家去。他一点也不顾及我们这些不干活没饭吃的人。”

老人从玻璃杯上抬起头来，看看广场，又看看两个侍者。

“再来一杯白兰地。”他指着杯子，说道。心急要回家的侍者走了过去。

“结束。”他说，就像蠢笨之人对醉鬼或者外国人说话时那样，完全不讲句法，“今夜没有了。打烊了，现在。”

“再来一杯。”老人说。

“没有了。结束。”侍者一边用毛巾擦着桌子边沿，一边摇头。

老人站起身来，慢慢地数了数托碟，从口袋里掏摸出一只装硬币用的皮革钱袋，付了酒钱，另外留下半个比塞塔[①]作小费。

侍者望着他沿大街向前走去。一个很老的老人，步履不稳，但步态中不乏尊严。

“你为什么不让他待在这儿再喝两杯？”那个不心急回家的侍者问道，这时他们正在关百叶窗，“还不到两点半呢。”

---

① 译注：比塞塔是西班牙基本货币单位。

“我想回家睡觉。”

“晚一个钟头又有什么大不了呢？”

“他无所谓，对于我可不一样。”

“一个钟头没什么大不了。”

“听你说话的口气，你自己已经像个老头了。他可以买一瓶，带回家去喝呀。”

“那不一样。”

“是，不一样。”有老婆的侍者表示同意。他不想做人不公道。他只是急着想回家。

“你怎样呢？你不怕没到平常的钟点就回家？”

“你这是想侮辱我？”

“不，老弟，只是开个玩笑。”

“我不怕。”心急回家的侍者说，他已经把金属百叶窗拉下，直起了身子，“我有信心。我完全有信心。”

“你有青春、信心和工作。”年纪大些的侍者说，“你一切都有了。”

“你缺少什么呢？”

“都有了，就缺工作。”

“我有的你样样都有啊。”

“不，我从来都没有信心，而且我也不年轻了。”

“得啦。别胡扯了，锁门吧。”

“我属于喜欢在小酒馆里待到很晚的那一类人。”年纪大些的侍者说道，“跟所有不想上床睡觉的人，所有在夜里面需要一盏灯陪着的人站在一起。”

“我想回家，上床睡觉。”

“我们是两种不同类型的人。”年纪大些的侍者说，此刻他已经换好衣服，准备回家了，“这不只是一个青春和信心的问题，虽然青春和信心是些很美丽的东西。每天夜里我都很不情愿打烊，因为可能有人需要这小酒馆。”

“老兄，有酒店通宵开门的呀。”

“你没理解我的意思。这是一间令人愉快的干净酒馆。光线明亮，灯光好，加上现在又有了树影。”

“晚安。”年纪小些的侍者说。

“晚安。”年纪大些的侍者应道。他关掉电灯，继续刚才的交谈，同自己聊。当然是灯光的作用，但也必需地方干净，令人愉快。你不想听音乐。你肯定不想听音乐。你也不可能很有尊严地站在柜台前面，虽然这些时辰吧台里供应的只有尊严。他惧怕什么呢？那不是惧怕，也不是担忧。他知道得很清楚，那是虚无。全都是虚无，人也是虚无。虚无和灯光便是所需要的一切，加上一定程度的整洁和秩序。有些人生活在其中却从来都浑然不觉，但是他知道，全都是虚无为了虚无，虚无为了虚无。我们的虚无就在虚无之中，虚无是你的名字你的王国，虚无是你的将来，虚无中的虚无原本就在虚无之中。给我们这个虚无吧，我们的日常虚无使我们的虚无成为虚无，因为我们原本就虚无了我们的虚无，请不要将我们虚无进虚无，而是把我们从虚无中解放出来，为了虚无。为充满虚无的虚无而欢呼，虚无与尔同在。他微笑着，站在一个吧台前面，吧台上有一台闪闪发亮的蒸汽压力咖啡机。

“你想喝点什么？”吧台侍应生问道。

“虚无。”

“又一个疯子。”吧台侍应生说，然后转过身去。

“来一小杯。”小酒馆的侍者说。

吧台侍应生给他倒了一杯。

“灯光明亮，也令人愉快，但是吧台没有擦干净。”小酒馆的侍者说。

吧台侍应生看了他一眼，但是没有搭腔。夜已深了，不聊。

“再来一小杯？”吧台侍应生问道。

“不了，谢谢。”小酒馆的侍者说，然后走了出去。他不喜欢酒吧和酒店。一间干净明亮的小酒馆就大不一样了。现在他不再多想，他要回家，回到自己的房间里去。他会在床上躺下，最后，在天亮的时候睡着。他对自己说，这终究可能只是失眠而已。一定有许多人患有失眠症。

在密执安北部

1923年　收录在《三个故事和十首诗》

吉姆·吉尔默是从加拿大来到霍顿斯湾的。他从老人霍顿手里将铁匠铺盘了下来。吉姆生得又矮又黑，留着两撇很浓的八字须，一双手很大。他是个钉马掌的好匠人，但即便系着皮围裙，也不太像个铁匠。他住在铁匠铺楼上，吃饭在D·J·史密斯家搭伙。

莉兹·科茨在史密斯家干活。史密斯太太是个很白净的大块头女人。她说，莉兹·科茨是她见到过的最干净利落的姑娘。莉兹长着一双好看的腿，总是系一条洁净的方格花布围裙，吉姆注意到她的头发总是整整齐齐梳到脑后。

他喜欢她那张脸，因为它总是快快活活的。不过，他并没有将她放在心上。

莉兹非常喜欢吉姆。她喜欢看他从铺子里走过来时的样子，常常跑到厨房门口，看他顺着马路走过来。她喜欢他留胡子。她喜欢他笑起来露出一口白牙。他的模样不像个铁匠，这一点她非常喜欢。D·J·史密斯和史密斯太太很喜欢吉姆，这一点她也喜欢。有一天，他在屋外的洗脸池子边擦洗身子，她发现自己喜欢他手臂上的毛那么黑，手臂上没晒到的地方那么白。居然喜欢这些，她自己也觉得好笑。

霍顿斯湾这个小镇，只不过是博伊恩城和夏洛瓦之间的主干道旁边的五户人家。镇上有个杂货铺兼邮局，它竖着个高大的假门脸，门前说不定还拴着一辆马车。史密斯家的宅子，斯特劳德家的宅子，迪尔沃思家的宅子，霍顿家的宅子，还有凡·胡森家的宅子。那些房子掩映在一片挺大的榆树林里，大道上积满了沙土。道路两边都是农田和产木材的林子。往一个方向去是卫理公会教堂，另一个方向是镇办学校。铁匠铺漆成红色，在学校对面。

一条很陡的沙土路从小山上下来，穿过林子向海湾而去。从史密斯家的后门口望出去，你的目光可以越过林子，看见树林绵延到湖滨，并且看得到湖湾的另一边。春夏两季，景色非常美丽，湖湾呈现蓝色，那么明亮。风从夏洛瓦和密执安湖刮来的时候，湖面上常常会翻腾起超出临界点的白帽浪。从史密斯家后门口，莉兹看得见远远的湖里面，装矿石的驳船在驶向博伊恩城。她一直望着那些船时，它们仿佛一点也没在移动。但如果她回到厨房里接着干活，等她将盘子碟子擦干再出来看时，它们已经驶出视野，不见了踪影。

现在莉兹整天想着吉姆·吉尔默了。但吉姆似乎不怎么注意莉兹。他同D·J·史密斯聊铁匠铺的事情，聊共和党，还聊詹姆斯·G·布莱恩[1]。晚上他要么在前屋里凑着灯光读《托雷多刀锋报》和《大急流报》，要么提一盏篝灯，同D·J·史密斯一起到湖湾里去叉鱼。秋天的时候，他同史密斯和查理·怀曼赶一辆马车，带上帐篷、食物、斧子、来福枪和两条狗出去旅行，到范德比尔特另一边的松树平原上去猎鹿。他们动身前，莉兹和史密斯太太花四天时间为他们烹制食物，莉兹想特别做点东西给吉姆带在路上吃，但最后还是没有做，因为她不敢跟史密斯太太要鸡蛋和面粉，又担心如果自己去买原料，做的时候会被史密斯太太逮到。其实，史密斯太太这边是不会有什么问题的，但莉兹不敢。

吉姆去外地猎鹿的那段时间里，莉兹一直在想着他。他不在，日子真是难熬。她想念他，弄得觉也睡不好。不

---

① 译注：美国十九世纪后期共和党的领袖人物，曾担任众议院院长和两任国务卿，并曾竞选总统，以微弱劣势落败。

过她发现，想念他也是一件挺有趣的事。自己心情放松，感觉就会好些。他们回来前那天晚上，她一夜没睡着。其实是她以为自己一点也没睡着，因为，究竟是在梦里面没睡着还是真没睡着，她分不清楚。看见马车从大路上过来的时候，她感觉人好像虚脱了。她急不可待，看到吉姆现身才安下心来，仿佛他一到，就一切都会好。马车在外面那棵大榆树下停住，史密斯太太和莉兹迎了出去。男人们都胡子一大把，马车后面载着三只鹿，细细的鹿腿支棱在车厢外边。史密斯太太亲吻D·J·史密斯，D·J·史密斯抱住她。吉姆说了声："哈罗，莉兹。"咧开嘴笑着。

吉姆回来到底会发生什么情况，莉兹不清楚，但她心里面有数肯定会有事情发生。什么事情也没发生。男人们回到家了，就这么回事。吉姆把盖在鹿身上的粗麻布袋揭下来，莉兹望着那几只鹿。有一只是大公鹿。它直挺挺硬邦邦的，不容易卸下车来。

"是你打到的吗，吉姆？"莉兹问。

“是的。这只鹿很漂亮是不？”吉姆将它驮起来，搬到熏制室去。

当天晚上，查理·怀曼留下来，在史密斯家吃晚饭。时间太晚了，他来不及赶回夏勒伏瓦。男人们洗过之后，待在堂屋里等晚饭上桌。

“罐子里的东西不是还有剩的吗，吉米[1]？”D·J·史密斯问道。吉姆就出去了，他跑向谷仓，去取那只放在马车上的大罐子。他们几个人是带着一大罐威士忌出去狩猎的。那只罐子能够装四加仑，罐底晃晃荡荡还剩不少酒。回屋的路上，吉姆咕噜噜喝了一大口。这么大一只罐子举起来喝不容易，洒出来一些威士忌，顺着他的衬衫前襟往下淌。吉姆抱着罐子进门时，那两个男人见了直笑。D·J·史密斯叫人拿玻璃杯，莉兹把杯子拿来了。D·J·史密斯倒了三大杯酒。

① 译注：吉米是吉姆的昵称。

“嗯，敬你一杯，D·J·史密斯。”查理·怀曼说。

“敬他娘的那只大公鹿。”D·J·史密斯说。

“敬我们想念的所有人，D·J·史密斯。”吉姆说，一杯酒灌了下去。

“男人嘛，就是觉得这个味道好。”

“一年中的这个时候，解忧消愁没比这个更好的了。”

“再来一杯怎样，伙计们？”

“那就再来一杯，D·J·史密斯。”

“一口干了，伙计们。”

“敬来年。”

吉姆开始觉得美滋滋起来。他喜欢威士忌的味道和口感。他很高兴又有了舒服的床和热乎的食物，很高兴又见到自己的铺子。他又喝了一杯。几个男人进屋来吃饭时心里面十分快活，却表现得很正经。莉兹摆好饭菜后在桌旁坐下，同一家人一起吃。很丰盛的一顿饭。男人们一本正经地吃着。吃完饭他们又回到堂屋里，莉兹和史密斯太太收拾桌子。然后史密斯太太上楼去了，隔一小会儿，D·J·史密斯走出来，也上了楼。吉姆和查理仍然待在堂屋。莉兹在厨房里，坐在炉子旁边假装看书，心里面想着吉姆。她还不想睡觉，因为她知道，待会儿吉姆会出来，她想看着他走出去，那样她就可以带着他的神态上床去。

她正使劲儿地想吉姆，吉姆出来了。他眼睛放光，头发有点乱。莉兹低下头去看着书。吉姆走到她椅子背后，停住脚步。她感觉得到他的呼吸，然后，他的胳膊搂住了她。被他的手一按，她的乳房起了鼓胀的感觉，乳头挺立起来。莉兹吓坏了，还从来不曾有人摸过她呢。但她心里想的是："他终于来到我身边了，他真的来了。"

她僵僵地绷着身体，因为惊恐之余，她不知道还能怎么做。这时吉姆将她扳靠在椅背上，吻她。那感觉很尖利、很疼、很痛，她觉得自己快承受不住了。隔着椅子背，她感觉到吉姆就在身后，她受不了啦。这时，她身体里什么地方咔嗒一响，那感觉就变得比较温暖柔和了。吉姆将她扳靠在椅背上，现在她已经很想要这样了。吉姆悄声道：“来，出去走走吧。”

莉兹从厨房墙壁的挂钩上取下外套，他们便出了门。吉姆一直用胳膊搂着她，走一小段路，他们就停下来，紧紧地抱在一起，吉姆还亲吻她。没有月亮，他们在沙土齐踝深的路上走着，穿过树林，向码头，向湖湾里那座仓库走去。湖水拍打着桩子，湖湾另一边的尖岬黑幢幢的。挺冷的天，但是莉兹和吉姆在一起，感到浑身热。他们走进仓库的遮雨篷里，坐下来，吉姆将莉兹搂过去靠着自己。她感到害怕。吉姆的一只手伸进她的连衫裙里，抚摸着她的胸脯，另一只手放在她膝间。她非常害怕，不知道接下来他会做什么，可是她紧紧地依偎着他。接着，那只感觉好大的手从膝间挪开了，放到她腿上，并且向上移动。

“不要，吉姆。”莉兹说。吉姆的手继续向上游走。

“别这样，吉姆，别这样。”吉姆和吉姆的手都不理会她。

木板很硬。吉姆掀开了她的连衫裙，正要对她做什么事。她感到害怕，但她想要。她得接受它，但它吓着她了。

“别这样，吉姆，别这样。”

“我忍不住了。我现在就想要。你知道我们一定得这样。”

“不，还没到时候，吉姆。我们不一定非要这样。哦，这样是不对的。哦，它太大了，弄得我好痛。你不能这样。哦，吉姆。吉姆，哦。”

码头仓库的铁杉木板很硬，而且粗糙冰凉。吉姆压在她身上很沉，他已经伤害了她。莉兹推他，她被挤压着很不舒服。吉姆睡着了。推他他不动。她费力地从他身子底下挣脱，坐起来，将裙子和外套拉拉直，整理着头发。吉姆微张着嘴，睡得正香。莉兹俯下身去，吻了吻他的脸颊。他依然睡得很死。她把他的脑袋托起来一点，摇晃着。他转过头去，咽了咽口水。莉兹哭起来。她走到码头边沿，俯望着湖水。雾气正从湖湾里升起。她觉得冷，心里面很痛苦，仿佛一切都完了。她走回到吉姆躺着的地方，再一次摇晃他，看看到底能不能把他弄醒。她哭泣着。

“吉姆。”她说，“吉姆。求你了，吉姆。”

吉姆动了动，蜷缩得更紧了。莉兹脱下外套，俯下身去，把衣服盖在他身上。她很利索、很细心地给他周身掖好。然后，她穿过码头，走上很陡的沙土路，回去睡觉。寒冷的雾气正从湖湾穿过树林追上来。

雨里的猫

1924年　收录在小说集《在我们的时代里》

住那家旅店的人里面只有两个美国人。出门或者回房间时，在楼梯上遇到的人他们全都不认识。他们的房间在二楼，面朝大海，还面对着公共花园和战争纪念碑。园子里有很大的棕榈树和绿色长椅。天气好的时候，常常可以看见一位画家坐在画架前面。画家们喜欢棕榈树的模样，喜欢面朝公共花园和大海的那些旅店的鲜艳色彩。意大利人从很远的地方过来瞻仰战争纪念碑。那碑是青铜铸的，在雨中闪闪发亮。下雨天，雨水从棕榈树上往下滴，石子铺的路上积起了水洼。海水在雨中一条长线扑上来，滑下海滩，又一条长线扑上来，碎成无数浪花。停在战争纪念碑旁边的汽车都开走了。广场对面，一个侍者站在小餐馆门口，望着空荡荡的广场。

那位美国太太站在窗前，望着外面。就在窗下，有只猫蹲在一张滴着水的绿色桌子下边。猫缩紧身体，怕雨水滴到身上。

“我要下楼去，把那只猫咪抱上来。”美国太太说。

“我去吧。”她丈夫从床上表示说。

“不，我去。外面那只可怜的猫咪怕被雨淋到，躲在桌子底下。”

做丈夫的继续看书，脚冲床头躺着，两只枕头垫在脑袋下面。

“别淋湿了。”他说。

美国太太下楼去，经过办公室时，店主站起身来，向她躬身行礼。写字台在办公室靠里边那一头。店主是个老人，个子很高。

“Il piove[①]。”美国太太说。她喜欢这位店主。.

“S ì ，s ì ，Signera，brutto tempo[②]。很坏的天气。”

他站在靠里边的写字台后面，办公室里光线很暗。美国太太喜欢他。不论顾客抱怨什么，他总是一副洗耳恭听的态度，她喜欢他这一点。她喜欢他的高雅举止。她喜欢他乐意为她效劳的姿态。她喜欢他身为一店之主的那种感觉。她喜欢他那张上了年纪、神情滞重的脸，还有那一双大手。

她带着这喜爱打开门，向外面望去，雨更大了。一个披着胶皮短斗篷的男子正穿过空荡荡的广场，向小餐馆走去。那只猫应该就在右边的什么地方。也许可以贴着墙走，从屋檐底下走过去。她正站在门口踯躅着，身后撑开了一柄雨伞。打伞的是照料他们房间的那个侍女。

“您千万别淋湿了。”她微笑着，说的是意大利语。当

① 译注：意大利语：下雨了。
② 译注：意大利语：是啊，是啊，太太，坏天气。）

然，是旅店店主差遣她来的。

侍女为她撑着伞，她沿石子路走到他们房间的窗户下方。桌子在那儿，被雨水洗刷成了鲜绿色，但是猫不见了。她一下子陷入了失望之中。侍女抬起头来望着她。

“Ha perduto qualche cosa, Signera?[①]”

“刚才这儿有一只猫。”年轻美国女子说。

“一只猫？”

“Si，il gatto。[②]”

“一只猫？”侍女笑道，“雨里的一只猫？”

“是啊。”美国太太说，“在桌子下面。”然后又加上一句，“啊，我好想要它。我想要一只猫咪。”

她说英语的时候，侍女的脸绷紧了。

“来，太太。”她说，“我们得进去了，你会淋湿的。”

“你说得对。”年轻美国女子说。

---

① 译注：意大利语：您丢了什么东西，太太？

② 译注：意大利语：是，猫。

她们沿着石子路走回去，进了门。侍女在外面停了一下，把伞收起来。年轻美国女子走过办公室时，店主在写字台后面躬身对她行礼。她心里面很不自在。店主让她觉得很不好意思，同时又觉得很受重视。有那么一瞬间，她有一种自己是个极重要的人物的感觉。她没有停步，径直走上楼去。她打开房间的门。乔治躺在床上，在看书。

“你捉到猫了吗？”他放下书，问道。

“它不见啦。”

“还真不知道它去哪儿了呢。”他说。他不看书了，让眼睛休息一下。

她在床上坐下。

“我好想要那只猫。”她说，“我不知道自己为什么那么想要它。我就是想要那只可怜的猫咪。做一只可怜的猫咪，待在外面淋雨，可不是一件好玩的事。”

乔治又在看书了。

她走到梳妆台前面，对着镜子坐下来，又拿起有柄的小镜子，端详着自己。她照照自己的侧面，照过一边再照照另一边。然后，又端详了一下后脑勺和后颈。

“我把头发留起来，你觉得好不好？”她问，又拿小镜子照了照自己的侧面。

乔治抬起头来，看着她的后颈，那地方的头发剪得差不多像男孩子。

“我喜欢现在的样子。”

“可我已经很厌烦这样了了。”她说，“我很厌烦像个男孩。”

乔治在床上换了个姿势。从她开始说头发的事情起，他的目光一直不曾离开过她。

“你的模样好看得要命。”他说。

她把小镜子放回到梳妆台上，走到窗前望着外面。天正在黑下来。

“我想把头发扎到脑后去，扎得紧紧的，滑溜溜的，挽个大结子，我能摸得着。”她说，“我想要一只猫咪坐在我腿上，我摸摸她，她就呜呜地叫几声。”

“是吗？”乔治从床上发声道。

“我想在桌子上用自己的银餐具吃饭，我还要点上蜡烛。我想要现在是春天，想对着镜子梳头。我想要一只猫咪，还要几件新衣服。”

“哦，你还是住嘴，找本书看看吧。”乔治说。他又在看书了。

他的妻子在望着窗外。现在天已经很黑了，雨依然在打着棕榈树。

“不管怎样，我想要一只猫。”她说，“我要一只猫，现在我就想要一只猫。如果我不能留长发，不能有点乐子，总可以养只猫吧。”

乔治没在听。他在看他的书。他的妻子在望着窗外，广场上的灯已经亮了。

有人敲门。

“Avanti。[1]”乔治说。他从书上抬起头来。

门口站着那个侍女。她抱着一只挺大的玳瑁斑纹猫，那猫紧贴住她，在她的身上扭来扭去。

“打扰了。”她说，“店主叫我把这只猫给太太送过来。”

① 译注：意大利语：请进。

在异乡

1927年　收录在短篇小说集《没有女人的男人》

秋季战事一直没有停，但我们不再上战场了。秋日的米兰[1]寒意颇浓，天黑得很早。华灯初上时分，沿街看看橱窗是一件赏心悦目的事。店铺外面挂着许多猎物，狐狸毛皮上落满了雪粉，它们的尾巴在风中晃荡。掏空内脏的僵直的鹿身，沉甸甸地悬着。风吹荡着小鸟串儿，它们的羽毛被吹翻了开来。这是个寒冷的秋天，风是从群山上下来的。

① 译注：意大利城市，有时尚之都之称，全世界最富有诗意的城市之一。

我们每天下午全体都去医院。在阴沉沉的天色中，有不同的路线可以穿过城区去医院。其中有两条路线是沿着运河边走，但路比较远。不过，走到医院总是要从桥上过运河的。有三座桥任你选。其中一座桥上，有一位妇人卖烤栗子。站在她的炭火前面，暖融融的；栗子揣进口袋里，过好一会儿还是热乎乎的。医院很老旧，也很幽美。进大门后走过院子，再走出对面的院子门就到了。经常有葬礼，举行葬礼都是从院子里开始。旧医院后面是几幢新建的砖头造的隔离式病房。每天下午我们就在那儿相聚，人家彬彬有礼，互相询问伤势病情，坐到会给我们大大改善病情的诊疗椅上去。

医生走到我坐着的诊疗椅近前，询问道："战前你最喜欢做什么？练什么体育运动吗？"

我说："练啊，足球。"

"好。"他说，"你还能踢足球的，比以前踢得更好。"

我膝盖不能弯曲，从膝盖到脚踝一条腿直僵僵的没有腿肚子。诊疗椅帮我弯曲膝盖，像骑自行车那样帮我活动腿，但是还没有帮我弯过来，诊疗装置转到弯曲部分便摇摇晃晃转不动了。医生说："不要紧，会弯过来的。你是个幸运的年轻人。你还会像个冠军似的重新踢足球。"

旁边那张诊疗椅上坐着一位少校。他的一只手像婴儿的手那么小，夹在两块皮革中间。皮子上下弹跳，拍打着他的僵硬的手指。医生检查他的手时，他一边朝我挤眼睛，一边说："将来我也能踢足球么，医生上尉？"他曾经是个了不起的剑术家，战前他是意大利最棒的剑术家。

医生回到后面屋子他的接诊室，拿来一张照片。照片显示，一只手在诊疗前萎缩得跟少校的手差不多大小，经过一个疗程后变大了一些。少校用那只好手拿着照片，仔细地看着。"是枪伤？"他问。

"工伤事故。"医生说。

"很有趣，很有趣。"少校说，把照片递还了给医生。

"现在你有信心了吧？"

“没有。”少校说。

有三个和我年龄相仿的小伙子每天来医院。他们三个全部是米兰人，一个想当律师，一个想做画家，还有一个本来就想当兵。有时，诊疗结束后，回去的路上我们会结伴同行，到斯卡拉歌剧院[①]隔壁的科瓦咖啡厅去坐坐。我们有四个人，所以敢抄近路，穿过共产党人聚居区。那个街区的人恨我们，因为我们是军官。我们经过的时候，一家酒店里会有人大叫：“A basso gli ufficiali![②]”有时，另外一个小伙子也跟我们一起走，一行便有了五个人。他脸上蒙着一块黑丝绸手绢，因为当时他鼻子没了，正待做面部修复。他是直接从军事学院上前线的，第一次上火线，一个钟头不到就受了伤。他们修复了他的面部，但他出身于一个非常古老的家族，要想把他的鼻子完全复原，那是办

① 译注：古老而著名的歌剧院，二战期间被炸毁，战后重建，成为世界上最完美的剧院之一。

② 译注：意大利语：打倒军官！

不到的。后来他去了南美，在一家银行里工作。不过那是很久以前的事了，当时我们谁也不知道后来战事会如何发展。那个时候，我们只知道一直在打仗，而我们不会再上战场。

除了脸上蒙黑丝绸绷带的小伙子，我们每个人都有同样的勋章。他上前线的时间不够长，什么勋章也没得到。那种勋章我们每人有一枚，想当律师的那个脸色苍白的高个儿小伙子却有三枚。他当过敢死队队长，同死神打交道很长时间，有点超然了。我们全都有点超然。除了每天下午在医院相会，并没有其他任何事情将我们凝聚在一起。不过，在我们去科瓦咖啡厅的路上，穿过那一段暴戾的街区，行走在黑暗中，经过透出灯光和歌声的酒店，有时因为人行道上挤满了男男女女，不得不从他们中间挤出来，走到街上去，这种时候，我们会感到有种东西在起作用，将我们聚拢到一起。旁人，那些不喜欢我们的人，他们不懂。

而我们自己懂得科瓦咖啡厅，我们每个人都懂。它富丽、温暖，灯光不耀眼，某一段时辰里声音嘈杂烟雾缭绕，任何时间桌子旁边都有姑娘坐着，墙上的报刊架子上放着画报。科瓦咖啡厅的姑娘们很爱国，我发现，意大利最爱国的人就是咖啡厅里的姑娘。我相信，现在她们仍然很爱国。

起初，小伙子们说到我的勋章时非常谦和有礼，问我立了什么功。我给他们看授勋状，那一纸文字非常华丽，满篇fratellanza、abnegazione之类的字眼[①]，但去掉那些形容词，分明就是在说，我之所以获得勋章，是因为我是个美国人。从此以后，他们对我的态度起了变化，只不过相对于外人，我仍然是个朋友。我仍然是他们的一个朋友，但自从他们看过授勋状之后，我便不能真正算是他们中的一员了。因为他们的经历跟我不一样，他们是做了非常不

① 译注：意大利语，分别是“兄弟情谊”和“无私克制”的意思。

一样的事才获得勋章的。不错，我确实负伤了，但大家都知道，说到底，负伤其实就是个意外。不过，我从来没有觉得佩戴着勋章心中有愧，而且有时在鸡尾酒时辰过后，我会想象，他们获颁勋章所干的那些事，我自己全都干过。但是在夜深时分，空荡荡的街道上寒风扑面，所有的商店都已熄灯关门，我尽量挨着街灯走回家去，那时，我心里知道，我决然干不出那样的事情。我非常怕死，经常在夜里一个人躺在床上的时候害怕自己会死去，不知道如果重返前线，我会是怎样一副德性。

三个获得勋章的小伙子就像猎鹰。虽然在那些没有狩猎经验的人眼里，可能我也像是一只鹰，其实我不是。这一点，他们三位比较清楚，所以我们渐行渐远了。但是，那个第一天上前线便负伤的小伙子，我同他仍然是好朋友，因为当时他对自己将来会怎样肯定一无所知。所以，他也不可能被他们接受。我喜欢他是因为我心想，兴许他和我一样，将来不会变成一只鹰。

少校，那位了不起的剑术家，不相信人不怕死。我们坐在诊疗椅上时，他花许多时间纠正我的语法。他曾经称赞我意大利语说得好，我们聊起来毫不费力。有一天我说，我觉得意大利语很容易学会，激不起我很大的兴趣，意大利语说起来一点都不难。“啊，是的。”少校说，“那么，你为何不注意一下语法的使用呢？”于是我们注意起语法的使用来，一下子，意大利语成了一门很难的语言，脑子里语法条理没弄清楚，我都不敢开口和他说话。

少校非常守规矩地上医院。我印象中他一次也有没缺席过，但他肯定是不相信那种诊疗的。有一段时间，我们谁也不相信那些诊疗椅，上校说，那完全是胡闹。当时诊疗椅刚面世，正好拿我们来试验其疗效。他说，那个主意很白痴，“理论而已，跟别的理论没什么两样”。我语法没学进去，他说我笨蛋，丢人丢到家了，又说他自己是个傻瓜，居然为我操这个心。他是个小个子男人，笔直地坐在诊疗椅里，右手插进诊疗装置，眼睛直视着前方的墙壁，两块皮子夹着他的手指上下拍打着。

“要是有那么一天，战争结束了，你准备做什么？”他问我，“回答时注意语法！”

“我会回美国去。”

“你结婚了吗？”

“没有，但是想结婚。”

“那你就更傻了。”他说，他好像很生气，“男人不应该结婚。”

“为什么，少校先生？”

“别叫我‘少校先生’。”

“为什么男人不应该结婚？”

“不能结婚，不能结婚。”他愤怒地说，“如果将来会失去，就不该置身于会失去那一切的位置。不该置身于会失去的位置，应该寻找不会失去的东西。”

他说这些话的时候非常愤怒和痛苦，眼睛直视前方。

“可是，为什么就一定会失去呢？”

“就是会失去。”少校说。他望着墙壁。然后他低下头去望着诊疗装置，猛地一下，将他那只小手从皮子中间抽出来，狂暴地拍着大腿。“会失去的。”他几乎是在吼叫了，“别跟我争辩！”然后他对看管诊疗椅的护理员叫道，“过来，关掉这该死的东西。”

他回到另一间诊室去做光疗和按摩。接下来我听见他向医生借用电话，关上了门。他回到我们这间诊室的时候，我已经坐在了另一张诊疗椅上。他已经披上披风，戴上帽子。他径直走到我的诊疗椅近前，将一只胳膊搭在我的肩膀上。

“真抱歉。”他说，用那只好手拍了拍我的肩膀，“我不该无礼的。我的妻子刚去世。你千万别介意。”

“哦……”我说，心里面很为他难过，“请节哀。”

他站在那儿咬着下嘴唇。“我想顺天应变。”他说，“但是太难了。”

他的目光越过我，望着窗外。然后他哭了起来。“我根本做不到顺天应变。”他哽咽着说。然后他哭出声来，仰着头，眼神茫然，像士兵那样直挺挺地立着，两腮沾满泪水，咬着嘴唇，从一张张诊疗椅旁走过，出门而去。

医生告诉我，少校的妻子很年轻，少校残废退出战场后才同她结的婚。她死于肺炎，得病后没能撑几天。没人料到她会死。少校三天没来医院，之后他又按往常的时辰来就诊了，军装袖子上戴着黑纱。他回来时，诊疗室四面墙壁上已经挂起镶着大镜框的照片，展示各种伤情在使用诊疗椅进行医治前后的对比。上校那张诊疗椅面对的墙上有三张照片，展示的是与他同样伤情的手完全康复的情形。我不知道那些照片医生是从哪儿弄来的。我一直以为，我们是使用诊疗椅的第一批人。那些照片对少校并没有起多大作用，他目不旁视，只望着窗外。

经典译文系列

《简爱》	[英]夏洛蒂·勃朗特
《泰戈尔诗选》	[印]拉宾德拉纳特·泰戈尔
《瓦尔登湖》	[美]亨利·戴维·梭罗
《老人与海》	[美]欧内斯特·海明威
《月亮与六便士》	[英]威廉·萨默赛特·毛姆
《人类群星闪耀时》	[奥]斯蒂芬·茨威格
《鼠疫》	[法]阿尔贝·加缪
《罗生门》	[日]芥川龙之介
《快乐王子》	[英]奥斯卡·王尔德
《了不起的盖茨比》	[美]弗朗西斯·司各特·菲茨杰拉德
《消失的地平线》	[英]詹姆斯·希尔顿
《百万英镑》	[美]马克·吐温
《人间失格》	[日]太宰治
《傲慢与偏见》	[英]简·奥斯汀
《双城记》	[英]查尔斯·狄更斯
《雾都孤儿》	[英]查尔斯·狄更斯
《金银岛》	[英]罗伯特·路易斯·史蒂文森
《牛虻》	[爱]艾捷尔·丽莲·伏尼契
《羊脂球》	[法]莫泊桑
《少年维特之烦恼》	[德]歌德
《十一种孤独》	[美]理查德·耶茨
《权力与荣耀》	[英]格雷厄姆·格林
《猎人笔记》	[俄]屠格涅夫
《海底两万里》	[法]儒勒·凡尔纳
《昆虫记》	[法]让·亨利·卡西米尔·法布尔
《格列佛游记》	[英]乔纳森·斯威夫特
《钢铁是怎样练成的》	[苏]尼古拉·奥斯特洛夫斯基
《小王子》	[法]安托万·德·圣埃克苏佩里
《绿野仙踪》	[美]莱曼·弗兰克·鲍姆
《假如给我三天光明》	[美]海伦·凯勒